# 低语

魏 娜◎著

黄河出版传媒集团
宁夏人民出版社

**图书在版编目（CIP）数据**

低语／魏娜著. —银川：宁夏人民出版社，2016.11
ISBN 978-7-227-06509-8

Ⅰ. ①低… Ⅱ. ①魏… Ⅲ. ①诗集—中国—当代
Ⅳ. ①I227

中国版本图书馆CIP数据核字（2016）第273374号

低　语　　魏娜　著

责任编辑　管世献
装帧设计　朱振涛
责任印制　肖　艳

黄河出版传媒集团
宁夏人民出版社　出版发行

出 版 人　王杨宝
地　　址　宁夏银川市北京东路139号出版大厦（750001）
网　　址　http://www.nxpph.com　http://www.yrpubm.com
网上书店　http://shop126547358.taobao.com　http://www.hh-book.com
电子信箱　nxrmcbs@126.com　renminshe@yrpubm.com
邮购电话　0951-5019391　5052104
经　　销　全国新华书店
印刷装订　宝鸡日报印务有限公司
印刷委托书号　（宁）0003373

开本　889 mm × 1194 mm　1/32
印张　7　　字数　170千字
版次　2017年1月第1版
印次　2017年1月第1次印刷
书号　ISBN 978-7-227-06509-8 / I · 1704

定价　30.00元

# 序

秦巴子

在我短暂的中学教师生涯里，同时带过两个年级九个班的两门课程。三十年之后，我教的两个年级大概四百多个学生，仍然想得起初中的时候有过我这么个老师的人，大概没有几个。那实在是因为我教中学的时间太短了，仅仅只有半个学期，这样的老师学生怎么会记得呢，况且那课程也不吸引他们。

那时候我很年轻，在杂志报纸上发表过一些作品，在我们那个地方，算是个小有名气的人，我教的学生里面，初三年级里也有喜欢写小说的学生知道我的。但我并未因此感到欣慰，而是觉得遇到了麻烦，他们总是想在课堂上和我聊小说而不是学法律，并且有学生把自己写的小说当作业交上来让我看，当然受到了严厉的批评。半学期之后我就离开了中学，我不知道我教过的学生们，长大之后都成了什么样的人，做着什么工作，除了很个别的几个学生和我保持着若有若无的联系之外，我在其他学生的记忆中，可能也就是一个不曾存在过的人。生命如惊鸿从头顶掠过，一闪就消失了，谁会在意有没有过羽毛落在自己身上呢。

魏娜出现在我视野里，实在是个意外。大概是三年前吧，在宝鸡的一次诗歌朗诵会上，有人介绍说她也是我原来工作的工厂里的孩子。交谈起来的时候，才渐渐地找到头绪，原来她在中学时是上过我课的，是我教过的学生之一，但若没有这种交谈，她应该是想不起来有过我这么个老师的，当然，初中的时候，她肯定也不是那种特别能让老师记住的学生。魏娜说她写诗写散文，非常有鉴赏力的《秦岭文学》主编白立编发过她的稿子，说她散文写得好，而她那天在现场读的诗也很好，这让我内心里涌起了一点点莫名的欣慰；虽然她的文学写作与我没有任何关系，但总归是我教过的学生嘛。这种心理，可能每个做过教师的人都会有吧，我也不觉得有什么不妥。魏娜这些年写作量不小，发表的散文诗歌也都有很好的评价和反馈，尤其是她的诗入选伊沙主编的《新世纪诗典》，这应该是对她诗歌创作的一个很大的褒奖，也是很高的承认。

魏娜把这些年的诗歌选了些出来要出版诗集，在这个商业的年代，我觉得这是很值得称赞的事情。她想请我写个序文，我毫不谦虚地欣然接受，实在是因为我还从来没有给一个自己教过的学生写过序，私心是其实我也很想知道，给学生的作品写序是什么样的感觉。现在我把自己的第一次的感觉告诉大家，其实很简单，就是很高兴，很骄傲，很想说她写得好，而且非常不想在序里对她的作品挑三拣四地分析和讨论。我这个感觉，是不是很有意思？反正我感觉很有些与以前给其他朋友写序时完全不同的奇妙的意思。因为我希望魏娜以后写得好，写得有意思，人生需要有意思，人生一有意思，生命就有了可以长久持续的欢乐。我的意思是文学能够给爱它的人提供持续的长久的欢乐，人在这个世界上生活着，能够获得这样的欢乐，是幸运的。祝福魏娜有这样的幸运。

不多饶舌了，是为序。

2016 年 4 月 15 日

（秦巴子，诗人，作家，知名职业办刊人。迄今已在海内外报刊发表诗歌、小说、散文随笔、评论等数百万字。曾为多家报刊专栏撰稿。获文学奖数十次。出版有诗集、长篇小说、短篇小说集、文化批评随笔集等数十部。部分作品被收入海内外数十种诗、文选集。部分作品被译成英、俄、韩、日文）

# 目录

## 第三辑　生命之殇・轮回之痛

第一辑

# 红尘烟火·人间温度

## 真心话

他一生卑微，无所成就
一次酒后，他很认真地说：
我此生的愿望
就是做一个好人

中年以后，他无文凭无技术
把宝全押在了股票上
又一次酒后，他目光潮湿地对妻子说：
我懂女人的虚荣。有生之年
我一定让你过上你要的那种好日子

现在，他急于得到这份保安的工作
对面试他的人说：虽然我外形不好
但你放心，人品绝对没问题

# 丢失

长期驻扎小区里的
唯一一个收废品的老人
听说，秤上有短缺
但手脚干净
从不拿住户堆放在外的杂物
最近小区内管道施工
负责材料的人发现
收废品老人三轮车上，有几个管接头
愤怒地揪着老人的衣领
不依不饶。尽管老人一再解释：
不是偷的，是收购来的
人们大多像我一样，看一会儿
就事不关已地走开
自然没有看到这个事件的结局
但自那以后，居民堆放在外的东西
开始莫名丢失

# 冬天生硬

交警支队的办公大厅
在冬日的雾霾里凝重起来：
神情严肃的领导和工作人员
制服笔挺的保安
捂紧嘴巴的清洁工
进进出出谨慎的脸

只有一对老实巴交的残疾夫妇
每天艰难来此
讨要被没收的电动车

那祥林嫂般地逢人哭诉
让冷硬的冬天
渗出几滴柔软

# 床

无论你白天走过千山万水
夜晚都要回归它那里
无论你白天做了什么惊天动地的事儿
夜晚都要向它交付肉体
无论你是别人眼中的谁
回到床上，你就只是你
卸下光鲜伪装的，真实的你

别得意你的拥有
床是犀利的刀子，三两下
就将你剥得赤裸裸，什么也不是
也别自卑，你的一无所有
床，是卑贱的妓女
人人都能睡

## 或者，不是变态

我挂在外面晾晒的胸罩
又丢了。与内裤一样
性感的黑色，浪漫的粉红
这次是火红
我赞叹着，那个偷儿
在颜色上的喜好
竟与我如此相同？！

# 烟圈

无话可说了
他开始“O”形嘴
漫不经心地吐烟圈
摇晃的圈儿，一个跟着一个
飘过相隔的桌子和心垒
在她眼前慢慢恍惚，扩散
她甘愿伸出脖子
整个人就掉进了这个怪圈里
圆，并不等同于美满
她却固执地以为。并且忽略了
这看似浪漫的圆，早已虚无缥渺
她却还卡在自己臆想的圆满里
沉醉，艰难呼吸

## 安静地破碎

暖手的水杯瞬间跌落
一声急促的闷响
一地碎玻璃片，和收不回的
水。她被惊吓到
是因为，这破碎已是结局
拿过扫把，归拢
水和玻璃又在簸箕里
待了一小会儿。像那天
办完离婚手续的他们
从民政局大楼里出来
肩并肩沉默着，又共同
走了一小段路

# 联想

游泳馆里
走进来一个美女
身材高挑
皮肤白皙
性感的大腿外侧
文着一个樱桃小口，高挽发髻
穿着和服的日本女子
日本女子随着美女的走动
也跟着活动了起来
忽然很想制止她下水
虽然我知道没有这个权利
我只是想
这是我们的水
水上的
是我们的岛

# 储藏青春

给小狗食物
它不饿的时候
会刨个坑儿
将食物埋起来
想吃的时候，再刨出来

多年前，我也曾这样做过
将少女的心事
写在纸上，埋在后山
后来，想回味时去挖过几次
没一次找准过位置

山上埋着心事的土地
先是一片荒草地
后来种了玉米
再后来
成了坟地

# 平安夜

平安夜的月亮很圆
逼真地圆，逼真地孤单
而在月亮之下
一群人正戴着面具狂欢

我和一帮兄弟：火锅，清酒，烤肉
看他们醉后萌萌的表演
这是我提到过的晚来天欲雪
这是我滴酒未沾的中年

陈旧的小街上，精装的苹果还没卖完
出租车司机刚抽完一根烟。醉汉的吆喝
刺破平安夜的天。月亮还是静静地圆着
一个人，还在等另一个人的出现

多么缓慢，我的掌声和目光
已跟不上你诗歌的奔跑
像麦苗早于我爬上了山巅
我仰望这光束，没有风雪扑打着脸
多么伤感，像另一个你在狭小的地域
祭奠。越来越少的亲人
越来越多的怀念
没有一根火柴能擦亮团圆

平安夜，月亮是一只酸甜的苹果
挂在安静的天边。喧嚣的尘世与我无关

我所希冀的，仅是那面放牧的向阳山坡
撒满羊群的山坡，每一寸绿
都是被反复咀嚼的生活
我所希冀的，是你给我巧克力般的浓香
每一寸丝滑，是我们漫步黄河边的脚步
盖上了月光。我所希冀的
仅是一场童话里浪漫的雪
落在你我，等不及白的黑发上

## 苍老的河流

走到冬天的黄河
冷冽，迟缓，又清瘦
似乎没有什么闪耀的内容

岸边裸露出更多的石头
那是河流再也驮不动的时间的白骨

依然有快艇，羊皮筏子
还有满心欢喜的风筝
飘荡在河流上空
没有人在意，一条河也会老

它夏天般的年纪时，激情澎湃
孕育着万家灯火，翻腾着欢乐的浪花
而现在，它苍老如迟暮之人
窝着细小的波澜，低低呜咽

一条永不退缩的河流，也想要回头
她绕着内心的空洞打着漩涡儿
像纠结又像留恋
又不得不放开自己
朝着消失的方向，继续走

## 硬伤

夹菜一别劲儿，筷子相错，菜汤溅到衣襟
他又调整手势再去夹，筷子掉了一只
她把勺子递过去说：拿不起就不拿了
他不说话，憋红着脸像是在跟谁赌气
捡起筷子掉个头儿又去夹

尽管三个月来他一直在练习伸握右手
可那在私人工厂被液压机挤断又接歪的中指无名指
就是使不上劲儿。他扔下筷子
叹一口气，低头又掰弄手指

年迈多病的父母，叛逆期的儿子
都是他拿不起也放不下的事儿

# 工厂

那时，工厂有铝
近水楼台，每个工人家庭都有铝盆
盆底粘上黑胶皮，减小噪音
就像每家都有孩子，被上班的父母拦腰系上绳
拴在床头。哭声细小，都藏在铝里
每家都有大小不一的两三个铝盆
洗衣，洗菜，过年装麻叶，丸子
不用时一个抱着一个搁置
每家都有几个孩子，哥哥姐姐抱大弟弟妹妹
后来，塑料盆代替了笨重的大铝盆
30 元钱一个的好价格，卖掉了过去
渐渐地，铝盆完全从那个年代消失
就像工厂的孩子，长大，老去，渐次消失
工厂早已更名，工人对铝也不再有感情

# 相依为命的雨

猫头鹰藏身阴暗，树上的斑鸠也停止了叫
冬青树后更没有老鼠昆虫窸窣着跑动
只有漫天的雨在叫嚣
只有她在凌晨五点的黑暗里清扫
微弱灯光点亮了雨，雨在她脸上反射出疲劳
她机械地挥动扫把，“沙沙”的扫地声
和雨声追赶着在空旷里奔跑
她清扫六年的这个路段，熟悉如自己的身体
哪里光洁，哪里有伤口——

她急急地扫，槐树叶，梧桐叶，枫叶——
一小段路堆起一个绿色的坟包
还没等她装进垃圾筒，又被雨水冲散掉
如此反复，像陪女儿玩搭积木
积木一遍遍倒塌出欢笑
而散掉的叶子让她着急得只想哭
她本就是一滴雨水，在生活里一直处于潮湿
她上二年级的女儿独自在家，害怕地哭成另一滴雨
巴巴地盼母亲扫完地回家，做早饭，梳小辫
再大手牵小手，像所有母亲一样
送她到校门口

# 越来越少

突然迷上了，到公共浴室去洗澡
似乎一下子回到了小时候
人与人之间没有防备，毫不掩饰
从小女孩到老太太，那些生长的美
那些成熟的疤。你能清楚看到
女人赤裸裸的一生

上次来见到的那个中年妇女
还在上次的地方搓洗得极其认真
那白白的灰，就像日子扑簌簌往下掉
突然想起奶奶说过：
人越老呀，身上的灰就越少
一下就感念起这红尘、烟火、混合的一身汗水

坐在小凳上的老婆婆
窝蜷着身子，像被生活揉皱的
一团卫生纸。她伸手调节着水温
自知冷暖，边抬头问我：外面是不是还在下雨？

是的，雨还在下，地球也被人类反复搓洗
森林，河流，矿产，田地……
层层蜕皮
“看，多干净的一块石头啊”
水，流过圆滑的嘴

## 人生如梦

我坐在街边长椅上
等车或等人
打左边远远来了一同学
我招手示意。右边来了一朋友
我又笑着招呼

互不相识的他们，同时向我走来
人流涌动中就起了磕碰
之后争执起来
吼叫声掺杂着车鸣
风吹落叶，愤怒的表情
都那么逼真

同学是趁几个亿的主儿
朋友是社会名人
身上闪烁的光环，此刻如锋芒毕露
我左拦右劝，各不相让
眼看着要动起手来
我使劲睁开眼醒了过来
平息了一场战争

揉揉酸涩的眼睛
什么名人财主
都不过是个梦

# 自己人

年后，回老家过年的打工者
又返回城市

店里雇用的小丫头
从河南老家带回五升桶装的香油

结果发现
这是一桶各种勾兑的假香油
她一边难为情，一边极其想不通
油是她母亲到村里熟人的油坊买来的

“怎么能自己人骗自己人呢？”
我安慰她：陕西有句老话
叫“自己人咥自己人活儿”
这属正常

# 上帝的餐桌

湿漉的大地，像上帝刚擦拭过的餐桌
摆放了一场香甜的雪
还有一只不明而落的小麻雀

我希望，它是童年谷子地里，停歇在稻草人肩上的
那一只
或者，是初冬里哥哥弹弓打落的那只
更希望，它是奶奶院子里，雪天里下来啄食
被我们用筛子扣住的那一只
还希望，它是我乡村时代，站在电线上看风景的
其中一只

呵，这躺在地上的小麻雀，无论是我希望的哪一只
都能给我一个理由，将它从往事里救起
而不是这样冷漠地经过，任它孤独死去

唉，一想到这些，我又满心悲凉
肉体这么渺小，我们拼尽一生行走
也没能走出上帝的桌子

# 灰麻雀

这个朴素的，怀旧的，乡村的动词
我每每都能将它想象成一切暖心的往事
也不止一次见到它，躺在城市
坚硬的水泥路上，一动不动
它划伤天空的翅膀，凌乱黏附在冰冷的雨地
明亮无邪的眼睛，合掩上了这虚无的尘世
它们就那么无动于衷地躺着
不痛苦不战栗，甚至不显露出
死亡的痕迹。一如那些背井离乡
漂泊于都市，仿佛还活着的人

## 煤油灯

没有什么，能比一盏煤油灯
更能看见童年的样子

天黑下来，您总是守着一盏油灯
哭唱着做针线，剥玉米，写家书
妈妈，多少年我跟您一样
活在一盏灯微弱的希望里
我依旧记得您说，亮起的那个灯花
是远方亲人思念的眼睛

贫穷，是一个长长的噩梦
摇晃着满窗的树影。黑
趁机舔破了窗户纸，乘虚而入的秋风
让灯火跌倒又站直。只有这油灯陪您一起
在丛生苦难的年月里，熬干了自己

妈妈，半夜醒来的我拉拉您的衣袖
煤油灯要早早吹熄，不然
它会照亮您更多的伤口。不信您看
好端端的一个夜晚，疼醒了好多次

# 飞机

炊烟断在四月的某个正午
麦苗绿得多懵懂
要回工厂的父亲，已走上崖畔吹着春风
田野很安静，只有母亲的催促
哥哥玩够了追父亲的游戏
跑去找狗娃打弹子
母亲只好又催我：
好闺女，去问你爸要钱去
我听母亲的话
乖乖朝父亲越来越小的背影跑去
经过低低的麦田时
粉红的麦瓶花开得正美丽
我刚摘下一朵
天空就跑出来一架轰隆隆的飞机
向田地里洒农药的飞机啊，多么神奇
一看到它，我就和村里所有孩子一样
忘了正要做的事儿

# 一场跟随我们长大的雨

哥哥身披一块白色塑料布
我跟在后面，赤脚戴着一顶破旧的草帽
一边撵着哥哥，一边回头催母亲
母亲浑身已湿透。站在雨里一遍遍喊
把塑料布给妹妹
哥哥偏不给，头也不回地走
他走得越快，雨下得越急
就这样，哥哥走，我走，母亲走，雨也走
我们走过了古井，玉米地儿，戏台
走过了童年

哥哥回头说：妹妹
有什么需要都给哥说
话一出口，雨就停了
听着这话的母亲
头发一下子全白了

# 红木炕柜

听做家具生意的朋友
说到红木
忽然想起
打土豪分田地时
贫下中农身份的婆
只花两个银元就分到了地主家的
一个红木炕柜
直到我十几岁时
父亲才将它作为“破烂”
给了塬上的亲戚
如今，看着那些盛行
又值钱的古家具
就想起了那个木质上好
设计巧妙，做工精细的炕柜
应该是个宝贝
于是让父亲再问问
那个炕柜的下落
问时就这样说：
那是婆活着时用过的
也陪伴了我们家最刻骨的岁月
没什么价值和用处
只想留个念想

## 彩虹

再见彩虹的时候，她空洞的目光
足以储存五十年的风雨
阳光打在身上
削薄的身影又被虚构了一回

太多的灾难，像高速列车
径直驶入她溃败的生命
她开始在一节节叹息里荒芜自己

男人没等到秋天，就如一片叶子飘逝
儿女都在远方，远成了泛黄的记忆
她黯淡的身体愈加接近土地的颜色

因此，她常坐在村口的槐树下
守望着零星的日子
只在披上月光的时候
才晃动一下，冻结的身体

# 一张老照片

27 岁的布衣母亲
扎着两个短辫坐在矮凳上
怀里抱着我不认识的
不满一岁的弟弟
站在母亲左边的是刚三岁的我
帽檐儿遮住了很宽的额头
上扬的眼神里是一无所知，和胆怯
母亲右边站着六岁的
与我记忆里的长相不吻合的哥哥
我们身后，是土坯房，断土墙
是 70 年代中期初春的荒凉

非黑即白的时代里，看不出有没有阳光

25 年后，照相馆有了翻拍技术
当我捧着放大的，崭新的，泛黄的
这张照片，送去给母亲
那激动，兴冲冲的样子
仿佛从黑白年月的胎盘里
捧出了还没有性别，名字的自己

## 女人花

一朵，两朵，三朵
每一朵都是女儿
每一朵都是母亲！
一朵开在一朵之上
一朵落在一朵心里
一朵追赶着一朵，将成为过去

我是 18 岁女儿的母亲
我是 64 岁母亲的女儿
母亲是 84 岁外婆的女儿
我相信，我也会是一朵花的外婆

一朵，两朵，三朵，四朵，五朵……
花朵之间，都有着伟大而隐秘的联系
飘散着亲人的芬芳气息

## 相像的父亲

在宝鸡开往徐州的绿皮火车上
三岁的我和哥哥挤在车窗跟前
看世界的陌生和空荡
对座的军人，听闻母亲也曾在
新疆的建设兵团时，一把抱过我
给我擦鼻涕，剪指甲，梳小辫
给我和哥哥喂饭菜，讲故事
窗外是漫长的田野，漫长的荒凉
春天，稍纵即逝

渐渐地，我在一个陌生军人的怀里
安心睡去，一个可以依靠的，类似父亲的怀抱
一天一夜，火车到站
领着哥哥抱着弟弟的母亲，和怀抱我的军人
被人流冲散。母女间的寻找
用了撕心裂肺的哭喊

再后来的多年，母亲偶尔提及此事
让我对毫无印象的军人开始了想念
深深的想念。那个温暖的军人
应该很老了。老得像我的父亲：
左手病痛，右手孤独
而怀抱，早已空空

## 可能的事

若不是我五岁那年，姥爷第一次到土塬
看见从未想象到的贫穷和苦难
竭力将黑户的我们落实到城市
我想，我早已在故事里老得不成样子
不出意外地嫁给塬上大男子主义的甲或者乙
生两三个孩子，被粗暴的丈夫打骂
被婆婆刁难，恶语。整天下田地
做饭，洗衣。偶尔生病硬撑着，舍不得花钱去治
有时，将偷偷攒的几个私房钱给年迈的父母
也会看着别人家新起的房屋妒忌得难以入睡
或者抹着泪叹息命运。闲暇时
只会和村里的妇女说是道非
自然不会知道诗歌长什么样子
不会晓得这蚂蚁般渺小汉字的魔力
让我抵达了内心的满足
而我只会日复一日，关心庄稼，天气
操心儿女的婚事。然后孤独坐在门前的老槐树下
腰酸背痛地，哄着满地乱跑的小孙子

# 乳房

母亲怀我时，多数时候处于饥饿
生下的我，同样饥饿
因此，对于乳房没有依赖和温暖的印象

女儿一哭，我的奶水就溢出来
女儿使出吃奶的劲吸吮，一身汗
我疼出一身汗。奶水不够
乳头上就被吸出血泡，而后结痂
又被女儿吸吮掉，再血泡结痂
如此反复，整个哺乳期

现在，我的乳房失落，下垂
没有痛感，幸福感
我时常对镜端详苍老的她们
怀念那些丰满的日子

# 花朵般鲜艳的名词

"月经"。被一群男人写来写去
他们一定不知，我们女人间
平时很少说出这个词
相互间的暗语是"来了"

月经来得很顽皮，她们会彼此靠近
像好朋友一样喜欢扎堆
若是常常混在一起的几个好姐妹
连月经期都会逐渐重合在相同的日子

大热的夏天，办公室里的三个女人
不约而同地都"来了"
"真是受罪"W 说
Z 接道：受了一辈子罪，真想一直受下去

Z 前年因积瘤切除了子宫
她说，不来月经的女人
都不能算是真正意义上的女人
就像水杯失去了水

## 虢镇城

居住了很多年的这个小县城
有一个三千年不朽的名字 ——虢镇
当地口音习惯把“虢”字念成“鬼”
就因为一个念白的字，让我深深爱上此地
“鬼”，让我浮想联翩
所有关于神秘的妖媚的传奇的故事
闲来无事，我总喜欢涂红唇
穿上白色的长裙子，走在县城的栾树下
和满街的影子一起，飘来飘去

# 公交车上

地道的老陕
黑色的老棉袄，圆陀陀的墨镜
土灰色沟壑的脸，旱烟熏黑的牙
一路上，都在骂前座的老汉
老汉手抄袖筒，窝蜷着
一声不吭地假寐

“你就日能得很，想上天去屎坠着哩”
说“屎”的时候，他头向前猛一伸地用力
像要吐出什么东西
“你高傲啥高傲？习近平又没打电话叫你吃饭”
一车人，安静得像没听见，又像听得聚精会神

“你就思量你是个文人？我认识下的文人多咧
车拉斗装，最么情况的外一伙伙儿”

这一句，让我不自在地低下了头
虽然我不是文人，只是偶尔装文人
写两行小字

# 小善良

陪夫君去理发，进来一老年妇女
和老板扯起了家常。张口闭口
全是她的老头子，两人一起钓鱼
一起种菜一起散步，一起生病——
多恩爱甜蜜。可我一眼就认出
同在一个院儿里住过的她。那时
还是孩子的我们，围观她和她的母亲女儿
一起叫骂着，揪住小三头发痛打的样子
一生中，有多少伤口可以被忘记
或者，假装忘记？我从镜子里看见的她
头发白了，身材臃肿，满面沧桑
在她恍然认出我，再一次将目光投过来时
我别过脸去，假装不认识

## 我一眼认出了你的孤独

我一眼认出你
和你长得很像的你
坐在喧闹的会场里
端着玻璃水杯。低着头
坐成冰凉，孤独的容器
警惕，并隔绝着这个世界的这个下午

我远远地看着你
隔着玻璃看着你
看着你透明的，盛大的，物质的孤独
倾听着人声鼎沸下，那不易觉察
也最为尖利的，一声破碎

# 即便相见，亦不相识

我出神地看着。窝里初为母亲的它的焦急
小盒里两只还未眼见世界的小狗用气味儿寻觅
它们在互相寻找。电暖气的红光笼罩着母子
电视机响着，播放的正是一位中国母亲
去澳大利亚寻找女儿的事儿。缘分
本就是一场前世今生的等待和寻觅

关紧窗子，风无声在树梢上摇摆
屋内，慵懒的光线，小狗偶然地哼叫
和昏昏欲睡
两只小狗在夜半出生后死去
我轻轻将剩余的这两只捧在手心
这是让人敬重的新生
是让我们欣喜过后又沉重的部分
它们在用身体全神地感觉这尘世
似乎从来不会有流浪，饥饿，死亡的存在
我知道，满月后我必将送别它们
从此不再关心，它们的消息
它们的母亲也一样。渐渐地
也会将它们忘记

# 天性

当我说帮它照看小狗娃子
它的目光里充满了信任
盯着我将两只小狗崽子
放进铺垫暖和的盒子里。她似乎稍稍安心
疲惫地斜躺在窝里，重重呼吸
我端了蛋花红糖水喂它，像对一个产妇
每个小生命的到来，她们的母亲都经历着一场不易
它大口地吞咽，生产让它消耗了太多体力
当它的孩子哼叽一下，它就会停下一切动作
耳朵竖起。之后起身，用嘴掀开布试图叼回
我几次阻止了它。它嗅着，望着那蠕动的小生命
喉咙里发出着急的呜咽。它开始弓起身子
在窝里转圈，撕咬，爪刨，显得焦躁
当我将它的两个孩子重新塞回它腹下
它看我的眼神瞬间湿润
它舔舐着两个还未睁眼的小东西
用爱感应着彼此的存在。不久后
它长出一口气，蜷缩身子
捂着它们香甜入睡。今天
它不只是我养的小狗，更是一位母亲
我知道，什么样的爱让世界温软
并深情延续

# 久病成医

症状：越活越封闭
确诊：孤独
接着给你开出缓解孤独的药方：
拥抱。十秒钟为宜
不过这剂药尘世里越来越稀缺
况且还有副作用
容易引发情感疾病

“还有什么不适？”
“近几年做什么事儿都不在状态”
这是该加油了。一般加油站
没有这个型号的
你需在春光里走向花朵深处
那里有一个加油站叫爱情
专门出售激情

# 问候

由爱说到做爱，一粒词语
被升温而燥热。但因为灵与肉的距离
没有了荡漾的语气，说得庄重而平复
隐喻了年轻的欲望，光滑的黑暗
以及雷电瞬间击中沉睡的火山
陌生的肉体，是彼此的迷途
仿佛重复行走在溢满欢乐的峡谷
白花花的月光，也就有了深入
诗歌的理由。正如一场病到来的时候
急于交出酸痛的骨头，和体内摁不住的
轻。爱与做爱之间，多了一道伤口
或者说，多了一条闪光的河流
我看见干燥的丛林由此变得湿漉
昼伏夜出的虚空，宛如激情的舌头
在夜的隐秘处游动。搬开卡在爱与做爱间的石头
是水与水直接有力的碰撞声
而我们完全可以顺势流淌，像一个波浪
推送着另一个波浪，倾情地绽放
“这种事情不只是用来讨论的”
如同杨柳撩拨水面，那么风情
“想了吗”
“想了”
“想了就去做吧”
这对话里并不涉及颜色和罪恶

它可以如见面问候般自然而磊落
从物质到精神，词语的丰满只为表达
礼貌地活着。比如：
“你吃了吗？”

# 第二辑

# 诗情哀伤·画意芬芳

# 画中人

在画里，有些奢望真的可以实现
比如，春天不倒，年华不老

在画里，美好并非看上去的那样美好
比如，一个凡人，却如仙
没有爱恨情愁，没有出生入死
是件极其痛苦的事儿
在画里，有些悲哀不是眼睛所能看见
比如，没有皱纹的笑颜，藏着多少心酸

画中人已笑得太久，却不能喊累
被固定得太久，早已没有未来和过去
但灯火辉煌的时候，画中人也会柔软
她记得每一个经过的人，对她的赞美
她更记得，画她的人
一笔一画，爱得多么细腻
而画中人想得最多的，是谁能画一个黑夜
仿佛死亡，可以让她完美沉睡

一个画里的女人，不会死，但会旧
“由来只有旧人哭”。她以笑的方式在哭
哭在一张纸里耗尽的颜色，哭她终守冷墙一生

画里的红颜，未必都是祸水
但都命薄如纸

## 后花园

一朵花在兀自下雨
一朵花在干净地战栗
一朵花去除了叶子，姓氏
和纯情的比喻，一朵花
就有了比月光还温柔
洁白的美丽

你无需虚设栅栏
更无需想象，微笑着站在外面
已然被这缠绵的雨淋湿
衣角还滴着爱情的水

来吧，幽暗的花园已打开
一朵花还不想溺死于自我的香气
你无需戴着帽子和金子
但一定要带一首饱满、强悍的诗
一朵花就会交出花蜜，尖叫
和快乐地死

# 无法抵达

热烈的桃花，沉睡在放纵的墓床
河流下潜藏着，利器一样的时光

你说，你不是女巫
不擅长挥霍爱情，表达寂寞
说这话的时候，你预见了谁战栗的死亡？

在灵魂停歇的净台上，挂满翅膀
诡异的符咒，箍住诗歌的脉搏
一定有什么在疼痛地坚持着
比如，火焰里奔跑的花朵

## 红唇哀伤

春水还未上涨，我已开始担心
三千里桃花，越来越动荡
我不得不用私藏的月光
把年华一寸寸冰凉

这么些年，在反复无常的天气里
最终学会了原谅
看一些影子奔跑成狼人的模样
听寂寞时的谎言总是伤及无辜的灰姑娘

此时，北方荒芜
空气悲凉。如果还有马蹄经过
那么，我就用半生的雨水
给岸上的桃花
卸妆——

## 春天苦短

钟表不紧不慢地转
重复在老路上，已不再是昨天
我们也是这般时快时慢
多么美好的春光，说走完就走完

有时恍惚是春天常开不败
只是形形色色的人，败给了春天
消失于冰雪与火焰
有时又觉得是我们静默不动
一个个春天翻越我们的骨头
去了又还。也有时，与春天正面
看清了她的风情，寂寞和欲念
这蛊惑的春天，让我们最终学会了
疼惜，拥抱，泪流满面

唉，这让人叹息的苦短
当我说这些话时，又用去了
一朵花开花落的时间

# 桃花岭

野桃花漫山遍野地疯跑
把整个山头连绵成起伏的波涛
一朵花装扮着另一朵花
一个梦再生出另一个梦
一首诗搀扶着另一首诗

这幻境，让我们麻木已久的心
有了小小的激动
并忘却了俗世身份的沉重
美好的，正在不断发生

只是一天啊，苦短的一天
就让我们忘乎所以地怒放
让我们看见了许久不见的春天
爱上了早已厌倦的柴米炊烟
和不再相信的爱情

# 桃花眼

找寻，等候，那么久
从前世到今生。你才在生活里落定
面对春天上色的麦地，你终于变得安静
任阳光夺走记忆的水分，唇际滚落的诗句
正好填补，今夜的漏洞

这画地为牢的空城，收藏了太多的荣耀和白骨
你为了遗忘，不得不饮下音乐
却又被文字的毒击中。如同春暖花开是事实
你要用怎样的方式，解读这倒春寒的冷？

在唐诗宋词的风里，你总是来去匆匆
快过泪水坠落的速度。又被一个名字反复牵绊
走不到春天的尽头。眼看三月汁液横流
你已别无选择，只得摊开内心的纹路
以一片花瓣，遮住粉红的眼睛
屏蔽掉这万千风情

## 蝴蝶梦

停落在春分的白蝴蝶
演绎着爱情的纯净
千年来，她眷恋这三月的妩媚
这记忆里清澈的河流
只用一种虔诚的姿态，抵御桃红
抵御这一阵阵轻薄的春风
思念的音节很轻很轻
轻过花开的声音
即使被禁锢翅膀，无法翕动誓言
也不肯交出内心的天空

那一世的相遇，直至铭心刻骨
足够朝着三生三世的约定，一意孤行
远离炊烟，远离世俗的毒

林立在画卷中的，是否是前朝的花树？
缀满粉色的多情，芬芳又苦口
一抒情就疼痛汹涌。才刚唤一声梁兄
就淹灭了春天的眼睛。故事暗下去
身后的旧时光，如马奔腾——

## 倒春寒

凌晨一点，你怀抱某个春天入睡
梦里月光，比现实的温暖
还有那些粉红的花瓣，给了我们一生的火焰
可你还是不停翻身，直至哆嗦成团

我抚摸你的伤口，把这些年
深浅不一的心事温习一遍
梦境仰起表情复杂的脸，冬天就顺势折返
我继续深呼吸，喝下大杯白开水
以改变，为爱呓语的习惯

# 给

当看到你写下的“给”时
时间正显示 0：00
你看，连时间都可以从头开始
我又有什么给不起？

当我写下这个“给”时
内心突然变得辽阔
也因为这样“给”出了自己
生命豁亮无比

当更多的“给”汇集在一起
人类是不是就能成为一个快乐体？

# 让味道说话

苹果用酸甜说话
泪水用咸涩说话
爱情用甜蜜说话
婴儿用奶香说话
时间用血腥说话
往事用辛辣说话

这个下午，你用
“让味道说话”来说话
我转身，用茉莉花的洗发水
又洗了遍头发

# 阳光的味道

1

当黑暗汹涌，我还能看见
你唇边的笑。看见
一朵花，在你的镜片上
焚心到老

2

五月，天空很高风很小
这里荒凉，这里古老
这里有初相遇的美好
红尘滚滚，阳光一泻千里
而我们，怀抱一生的火焰
开始遗忘，开始铭记——

3

是谁，在我的思念里静静流淌
是谁，让我的青草含泪歌唱
初升的太阳，第一道光芒
正穿过我柔软的胸膛

还有什么
能让我在寂静中战栗
又在战栗中炽热地渴望？

## 纷飞的誓言就要落下

你真的要相信
春天每一次说谎，都比月夜还浪漫
那么多的桃花，染红的不仅仅是水面
漫无边际的绿，湿润得有些糊涂
至今，令一些颜色找不到归宿

天空的漏洞越来越宽
一些词语已纷纷溃散
没有必要再顾及泥土的流向了
风吹了这么久，你得允许我
为一枚即将坠落的果实
故弄一个悬念

## 歌女，或者格格不入

又是一场多情的雨
江南的红尘被清洗
留声机里的歌女走下来
没有疲倦的笑容
没有浓妆艳抹的爱情
只有月白旗袍裹着的旧身体
只有妖娆的高跟鞋
在青石板上踩出更响的空虚

暖黄的路灯光，像丁香般的诗行
洒落在湿漉的夜晚和庭院深深的墙上
这里除了寂寥、彷徨
就是一生也打不开的门窗

轻薄的油纸伞，叹息般被风吹落
这里，仿若人间，只能凄清地经过

我一直幻想走在这样的雨巷
优雅，缓慢而略带忧伤
走成一个低温女子，温婉的模样
其实，世间所有用声音，用文字
歌唱的女子，都走在这样的雨巷
没有诗情画意。只剩诗情画意

# 夜空。兼致 L

比白昼更深情，含蓄
你常常写下夜空一样深邃的句子
来表达更为空旷和遥远的自己
偶尔有星星闪现
像你骨头上摇曳的灯盏
偶尔有月亮弯弯
像你把伤口，亮给人间

# 一场贯穿古今的雨

四月雨，还在下
但我不会像昨天
写下那么多湿涔涔的句子
也不会像明天，听音乐喝咖啡
在今天，我净手，挽发髻
偎着满窗的绿，不绣花不抚琴
而是带上老顶针
缝改女儿的一件上衣
跑针子，倒针子，藏针子
呵，一群多么快乐的名词
像这漫天奔跑的雨

每一针细密的韵脚
都让我想起一个古代的女子
温婉，哀伤，又书卷气的小女子：
易安，薛涛，唐婉……
我们都不在同一个时代
但我们在一首诗里相遇
在一纸衷肠里疼惜着彼此的小心思
并且淋着同一场千年寂寞的雨

我就是在这样细腻的雨天走出了我的屋子
走过满地黄花堆积的黄昏，走过微雨的浣花溪
走过沈园的池中水榭时我还坐了一小会儿

一朵落花正粘贴在镌刻词阙的粉壁

呵，多么神奇的雨。让我不用离开自己
就可以在千百年的光阴里走来走去
这样的感觉让我迷醉
可迷醉的我不想歌唱，更不想写诗
你看到的我，就安静坐在雨窗下
以贤妻良母的肉身，缝着我女儿的衣裳
缝着缝着，就不自觉地笑了
笑着笑着，眼里就飘进了雨
但你是不会看到，我的笑里
藏着怎样不老的过去
那一碰就碎的美

# 我不确定

这是第四天的雨
孔雀蓝的衣裙滴着六月的水
脚下的花朵一身泥泞
树木不能再沉重地绿

你说：爱，发自心底
写在身体每一部位。一场大雨
总是由小雨点开始
后来才一发不可收拾

可以一直一直这样想一个人
想她到老，想她到死

雨水拥抱花朵，“如我抱着你”
手指如琴弦，弹奏绽放的花蕊
从发丝，到脚趾……

雨水让一切消失
尖叫，呻吟，都来自一只空酒杯

# 不可触摸

零点她醒来，呼唤你的名字
空在空荡的夜晚回旋
她穿过自己的影子
登上西楼看明月，这遗世的泪滴
这久久不肯滴落的伤悲
噙在黑暗的眼里
而她眼里，噙着越来越模糊的你
夜晚因此而清美

月光下铺满了无家可归的词语
比月光冷，比月光美
她弯腰一粒粒捡起
串连成诗。送给曾经热爱的，一唤即应的男子

月光如水中倒映出她无人怜取的年华

时光在一小朵一小朵地开
生命在一小朵一小朵地败
就这样，一辈子过去
她始终手捧一滴泪
一滴泪里的风水

# 玉兰花开

唯独这个春天，我没有对你抒情
没有把你的香，你的美
填进一张稿纸。但你依然
闹喳喳地开，轻悄悄地落
雨一场接一场，当我抬头望
抱紧夜色的你，像一盏灯
散发出明晃晃的忧伤

# 童　话

想在水街住下
挑水，做饭，种菜，养鸭
穿棉布的长裙，头顶蓝花花的手帕
在微雨的黄昏，划船到对岸的酒家
三杯两盏，遇见一个久别重逢的他

想做一个古色古香的女人
古木的画舫，栅栏，和一个木质的家
不必担心匆匆老去的年华
在这突出活着的地方，精于算计的时间
也很难抵达

想写的时候就有闲情写下：
溺水的月色，水断掉的退路
写孩子的哭声和水面传来的琵琶
或者，邀远方的朋友来小聚
有桃花酿的酒。曲水流觞
醉不醉都说很多不着边际的话

河面有翠绿的竹筏
死去的时候就顺水漂流
轻轻地。像一朵凋谢的玉兰花

# 季节深处

一场接一场雨后，秋天薄得唯余背影
许多嘴唇，也不再打探落花的行踪
许多放不下的事，也就此尘埃落定

但我的确在今天的窗台上
捡到昨日掉落的几粒鸟鸣
可惜，已无法将它挂回旧时的天空

时光，总是粉饰高处的梦
不老的风，才能吹出风情万种
是呵，我的忧虑无足轻重
一如许多个阴天，只为堆积出一个天晴

夜色依旧湿重，诗笺上落满尘土
清醒的蜡烛拒绝燃烧出某种可能

杂草丛生的心，有摇曳的动静
你无需担心。荒凉
是我正期待的事情

# 秋风一天天壮大

请劈好柴
储存好蔬菜和粮食
请写好耐品的诗，洗干净酒杯
请换上碎花的桌布和床单
请给趴在火炉边的狗一些骨头
和温柔的抚摸
请将月亮挂在路口的树梢
照亮通往你的小路
你看，一场大雪就要来了
爱情，就要来了

# 雪白的纸

小雪，大雪，都是无雪的节气
不下雪的冬天，不是真正意义上的冬天
一如只在纸上取暖的人，却从未见面
这也不是真正意义上的遇见
此时，恹恹的清晨
想说些什么，而窗外无风
霾沉重。手中的笔
生不出一朵花
以寄我的小浪漫，小清愁
落不落雪，抒不抒情，春天都已在路上
而我们仍然脚步踌躇，自我束缚
再次眼看着雪花败了桃花又开
雨水打湿一首首诗歌
琴声和远方，一样泪流满面
而我真不忍心说出：
在一张纸上相爱过的人
必将失散于这张纸中

第三辑

# 生命之殇 · 轮回之痛

# 泪之重

21 克的灵魂，的确轻浮
人刚死，曾和肉体形影不离的灵魂
就出窍飞走
而眼泪对一个人的一生，绝对忠诚

那一年，被婆家逼得上吊而死的枝秀
不过才九十斤，下葬的那天
几个青壮年，使了几遍劲硬是抬不动棺木

直到婆家重新开棺焚香烧纸
跪地说好话求饶恕
死了的枝秀竟然掉下一颗泪珠
棺材才被轻松抬走

# 灯火旺盛的南路

“就去坝上人家吃鱼吧”
说定了晚饭地点，你踩油门
车子在风里飞快，像一条目的明确的鱼

“就这条吧！”隔着厚厚的玻璃缸
你以上帝的口吻，随意指定了它的死
厨师拿过网，将最欢实那条抄起
钢刷子朝头狠敲两下，鱼晕死过去
然后过称。铺在案板上
纷飞的鳞片，像积攒了一生的光环
接下来的表演转入厨房

片刻，鱼被装在青花瓷老汤碗里端上来
你伸出筷子刚触到鱼身，鳃
翕动一下，鱼张了下嘴
仿佛一直没来得及喊出的“疼”
你停住了颤抖一下的手说：
“回去咱们走南线吧”

无星无月的夜空，像上帝的漫不经心

# 山之巅

天薄得像一捅就破的谎言
云在脚下，一朵紧挨一朵
像新絮的棉花。像又轻又柔的梦
更像飞毯，让人忍不住想感受
飘忽虚无地行走。或者
一日千里地神游

远处，峰峦叠嶂。那里
该有仙洞，一觉睡醒就是地老天荒
应该有把江湖剑，闪电一样劈开天空
还应该有传说的爱情
开在崖壁上，像长生不老的药

山底下的人间，那么远
悲欢离合，生老病死，那么远
大好的河山，就连死亡溅在上面
也只是一朵瞬间的涟漪

“我的肉体很轻，我的灵魂很重”

我只是无限向往地向下看了看
又看了看。还是不敢赌
灵魂和肉体，孰轻孰重

# 生命的加法

他而立于尘世
加三十年，儿孙满堂
加二十年，身上布满伤痕和尘埃
加十年，有接近满分的年纪
加一年，只能坐在屋里数
过一天少一天的日子
加一天，肉体终被疾病吞噬
加一分，丧失了对这世界的痛感
加一秒，顷刻消失

这是生命的加法
一切却呈现锐减的趋势
这没有答案的算术题
可每个人都会将特定结果
填写在肉身空出来的位置

# 父亲的生日

父亲的生日，是阴历的十月一
寒食节，也称鬼节

因为忌讳，母亲从不给父亲过生日
也不对我们说起

那一日，凄风冷雨
举目荒凉的初冬
大中午的，路口已有凌乱的纸灰
只有我和父亲在家。没过过生日的父亲
自己买了小酒、小菜
叫我坐下陪他一起吃

并伤感地说：闺女
若干年后的这一天，到爸坟上送寒衣的时候
记得再倒一杯酒
也是爸的生日

# 坟

我一岁时婆身体不适，母亲去塬下
叫回在工厂上班的父亲
才走到村口，闻讯婆刚咽气
母亲怀抱的我，掉落在地
哭声从我开始，弥漫了整个村庄

婆埋在自家的麦田里。新起的坟
像一座宫殿
逼退了好大一圈平民的麦子

再去婆的坟，是 35 年后的清明
没有墓碑和标记。被麦苗和杂草覆盖的
坟头，那么小
像婆不能再跑的裹脚

我确信，再过些年
隆起的坟堆就会被春天“吃”掉
后半生没吃上几顿白面的婆
最终，化身为一撮粮食

# 清明祭奶奶

我一年比一年苍老了。开始念及您
定格在时光中的样子，多好
而我的老，不知能不能老过您的老
但我已深谙不停地絮叨

其实，同样的话说了这么多年
有些是本来的事实，有些
说破了还是虚无缥缈
您也听烦了吧？就像我当初烦您的唠叨

唉，我的眼睛也花了
不再是那个帮您穿针引线的丫头了
您的针线活，是穿在我身上的红花袄
是留给您曾孙做念想的小布鞋
可您说放下就放下了。我却收在柜子里
那些细细密密的针脚
像您走在我记忆里的小脚

每年能来看望您的，就是我这个孙媳妇了
亲人都在外地。去年父母回来
年纪大了腿脚不好，山只上到一半
他们还说：将来死后不要买墓地
不想拖累后辈，就把骨灰撒进黄河吧
这番话，和着烛香，纸灰

一直在我心头凄凉地绕
所以呀，您一定要保佑他们健康长寿
我们多么需要，有家可回有爸妈可以叫

清明总是携带着雨，祭奠的人都仓促来去
这样也挺好，留下空空的一座山
就我陪您在风雨里安静地坐坐
本来来看您的时间也少
那就这样多坐一会儿吧。虽然我不知道
还要和您说些什么才好

# 冬天空旷

亲，我们自去年冬天期盼的一场大雪
落在今天的杭州
我惦念的断桥，西湖，万松书院
都在雪里白了头
而南方不南，北方不北
我在艳阳高照的西北
等预报的雪，不过是一场空欢喜

阳光织就的阳台
我捧着一本厚厚的书
读到的都是光阴凝滞，尘埃沸腾
两朵干花摆放在电子秤上
那么轻，像我也被岁月拧干了水分
冬天是一枚干燥剂
我们得以保留这点鲜艳的自尊

亲，你还是习惯用手指说话
希望在这苍凉的世界还能被爱
而我们写出的每一首诗都是自己
庸常的，或更为深刻的
都不过是孤独衍生的分裂体
都要承受人世的疾病，恐惧和分离
极其痛苦的人，在向死亡致意

衰老，是最耀眼的速度
而陈旧的时光里翻新不出什么了
原本也是一无所有啊
一无所有正是一望无际的空旷
天空空旷，大海空旷
冬天空旷，你我的内心空旷

亲，空旷的人，知道她说的不只是空旷
“两年的葬衣之后，我们还想两年的尘土”
空旷里依然奔跑着无止境的欲望

## 槐荫树

我只是围绕着一棵树
一棵 1100 年的古树
我懂得她 600 年前就该空掉的心

一棵千年不死的树
并非为了挺立爱情的不朽
人类轻飘飘的生命，在她面前
化解为零。或放逐为一盏盏微弱的灯
在大地上艰难行走。之后
有爱恨情仇，有起伏的繁华和沉寂
我在其间学会绽放，疼痛
与陌生人拥抱，友好相处
一个人，其实就是一棵树
是的，我在一棵树下守着自己的前世今生
在水里、土里，在天上
寻找丢失的脚步。亲
我把一生都活成了一棵树，剩下的
请如此反复。比如坚定
比如，放手——

# 中秋夜

水晶杯和玻璃杯碰撞
依然发出了好听的声音
我对酒精越发过敏。就像无法重拾
写诗时惯用的敏感词汇

它们，已不能让我伤心或沉醉
就像倒在地上的秋
已吐不出像样的诗句

真的没有什么，秋
只是秋。和早晚扯不上关系
我执着热爱的，已被浸入阵阵凉意
而月亮让我恍惚，对圆满
心生怀疑

## 晚秋

秋，已经很深了
丰收，也意味着死去
纸张和你，依然在田野里忙碌
曾经充满希望的绿，都必然枯萎

果实，一旦落地
天就要黑了。还有一段路要赶
还有一根蜡烛
可以点燃，还有一个人
可以说晚安

即便，一睡不醒
即便对这个秋天
羞愧不堪

## 走进秋天的人

走进秋天的人，是忠实泥土的人
他的身影比露水还潮湿
霜，降在头顶
多少往事，闪烁着冰冷的银辉

走进秋天的人，已没有力气喊累
剩余的节气，他要用来整理自己
把脚步走进石头，再顺手
把名字上的荒草拔去

走进秋天的人，已不牵挂火焰
也不期盼一场大雪。天空辽阔
他要停止，这一生的仰望

走进秋天的人，再穿过一座庙宇
就走进了荒凉的本身
无需在秋天的纸上留下只字片语
是时候，走进自己

## 莲花台

这个陵园是从山顶往下修
死亡是从天空向大地蔓延
站在山脚往上看
那高高在上的墓碑
与尘世亲人的距离
越来越远
有王者的孤独和威严
但更像是个渔夫
将一张黑网，抛洒向人间

## 暮晚

墓地早已买好
他还无奈地活着
孤独极了的时候
他就来到自己的墓地
这里山高水远，草木茂盛
风，了无牵碍地吹
他眼望家的方向，喘匀了气
坐下来，反复抚拭大理石的墓盖
像是在安抚
另一个疲倦的自己

## 探路

大半年不曾出门
每天盯着钟表熬煎的他
竟然拄着拐杖，一点点挪到楼下
在泛着白光的水泥路上走出了好远
又坐在马路边，看了看身前身后的道路
这下安心了
90 岁的他终于可以放下人间了
接下来的七天按部就班：
在转身上楼时折断骨头
躺在床上水米不进
接着回光返照，不留遗言地走
像冬天里坚持了很久的一片枯叶
终于飞离生命的枝头
没人知道，他最后一次行走
已为从阳间走向阴间
而探好了路

# 穿寿衣

上身五件，下身两件
一种是在咽气前趁肉体软和好穿
另一种是咽气之后众人的手忙脚乱
还有一种经验穿法
是死者的长子，一件件穿在自己身上
用别针固定好领口，袖口，底边
脱下来，带着活人的体温穿在死人身上
整个过程没说一句话
庄重得像授受人皮的仪式

## 火葬场

走到这里，路就到了尽头
每个人都有这样的时候
当你看到上去的路时其实正在往下走
无论是左拐右拐，看起来像有选择
不过都只是一条没有选择的人生路
出生赶着我们上路
死亡收走疲惫的脚步

走到这里，情就到了尽头
亲情、友情、爱情，都汇集成同样的哭声
哭别人，哭自己，也被他人哭
悲伤在头顶密集，湿重
落下雪，落下灰烬，落下尘土

走到这里，罪就到了尽头
苦难、疾病、疼痛，无休止地重复
赎罪与被救赎，都交给尘世的那个姓名
我们为了看清死亡的真面目
不得不前仆后继，向它无限接近
而盲目活着的人，最看不到迫近的阴影
更不知道自己正处于黑暗中

走到这里，“我”就到了尽头
来生，“他，她，它”都不再是我

也都将是“我”，又获得新生
死，更能教会我们跳出自我来看事情

走出这里的我们，余生的第一天
才刚开头

# 第一炉

找关系
终于定了第一炉
前一天炉膛已清理干净
第一炉，就不会沾带别人的骨灰
即便骨灰不是全部
那也是他们纯粹的父亲
第一炉，儿女为此感到放心
即便他们父亲的骨灰
还会多多少少被装进
后来焚化者的坟墓
被哭成别人的父亲，母亲，爱人
甚至是儿孙
但此时，他们感到安心
为第一炉

# 生命的烟火

修改一篇旧文时
把火葬场烟囱里冒出的“炊烟”
改成了“烟雾”
现在想来，是我把对的改成了错
炊烟：烹制饭菜形成的烟气
是人间生活的气息
而火葬场烟囱飘出的
是最有“人味儿”的人间烟火

# 邻居

骨灰盒放入墓穴，水泥封好
他的儿女，开始给他
前后左右的坟墓烧纸钱
并照着墓碑上的名字
叔长姨短地亲热唤
他一辈子
脾气倔，不搁人
儿女得先替他处好
邻里关系

# 双人床

82 岁的她，坐在床边
脚下的空气很冷
床上还是用旧的被单，枕头
就是这张床上，前天夜里
抬走了 90 岁的他。一个上午
他被哭，被烧，被埋
之后，又被送回来
夹进黑边相框中
她将他摆放在床头柜上
今夜以后，这张床上
她将一个人躺上去
漫长地等。还好
夜半醒来，一侧身
还能看见月光打湿他微笑的眼睛

# 冬至

饺子随心所欲
圆了叫包子
扁了叫菜合子
甚至煎熬中的饺子
还能挣脱面皮儿
就成了一锅片儿汤

而我胖了瘦了都还是我
滚滚红尘里再备受煎熬
也挣不脱这张人皮

不是我不勇敢
而是有例证明
冬至前三天
92 岁的老人张以轩，刚脱下了人皮
就被黄土包了饺子
冷藏地底
成为清明节的速食

# 自闭

这个下午，似睡非睡
她在我面前坐下来
没有名字，也不说一个字
像一个久远的故事
故事里有草场、阳光、木屋和星空
如此寂静，没有满足和幸福

“时光飞逝，我收获了水果和土豆”
整个夏季，是她写在纸上的一行字
必须，冷静地活下去
带着生命的记忆，劳动，痛苦和恐惧
她不止一次地说给自己
然后打开门，带着狗，到森林狩猎去

春天到来的时候，动物都已死去
四周还是隐形的墙壁
风景有着平静的美。荣耀
无关乎生死，所有生物都得经历

现在，我肯定我醒了过来
她还是孤单地坐在这里
雪，不动声色地白着
四点的餐桌上，她写完了最后一张纸
“死亡来得迅速，温和，近乎慈悲”
她没有流下泪水

## 静美

众多鲜花捧着她 31 岁的脸
那苍白的脸，是一朵最为素净的花
在病房：白墙，白床，白月光，白医护
白色的安静中，她等待白色的死亡

自觉不适，查出乳腺癌晚期
默默安排身后事
先停止给 8 个月大的儿子喂奶
安顿好老母亲的养老问题
需要提醒的一些家里琐事
写进一个笔记本，放在丈夫抽屉

现在，秋来了
一朵花，要顺应季节凋落
留恋但不哭泣，迷茫但不恐慌
她躺在鲜花开满的人间
面带微笑，眼神清亮

我远远望着，在泪水之外
画面之外，一朵白花的暗香
我无法捕捉

## 道路逼着我说出点什么

走着走着天就黑了
清晰的意象都成了身后事
前面路灯一盏盏亮起
照见的事物都成了影子
影子是一个人的祖国
一个人的城池。一个人的富有和空虚

所有的道路都是越走越孤独
我们有时逆风流泪
有时打着转踩疼自己
也没什么，我只是疼惜这一天就要过去
疼惜快不过生命的，那些来不及
因此我写下这一段夜路
这一段浮喧过后的悲哀和幽静
这一段路上的常青植物
它们绿得心无旁骛

灯光也变得迷蒙
四下里的故事都在明明暗暗地发生

一段路，从白走到黑了
总有一些想法，在行走中发声
总有一些脚步，走着走着
就走成了无息无声

## 百年之后

百年之后，站着的，不过是两座墓碑
坟头长着荒草，或爬满蝼蚁
我们的子孙也互不相识
只给自己先人的姓氏，叩头，烧纸
就像现在，居住在城市的一东一西
我们也从未想过要去看望彼此

当然，百年之后
曾经相识的我们也不是说就没了关系
毕竟，吹老你的风，也吹老了我
更何况，从来就没有孤独的坟墓
抱着你我骨头的泥土，一直
都挨在一起

# 时光以飞舞的姿态流逝

黑，水墨般慢慢洇染了
天空，树木，道路
人群懈怠下来，但喧嚣仍未止
我骑车穿行在初秋里
清凉的风舞动长发和裙裾
横穿马路的男子停步让我先过去
我们不约而同微笑里的真诚
打动了彼此

前面楼群被晚霞勾勒成流火画卷
广场上音乐已响起，我融入进去
如同汇入音乐海洋的一滴水
舞动身体
我模仿 A，也被身后的 B、C 模仿
这些热爱生活的女人，有我的未来和过去

时光这般，以飞舞的姿态流逝
一盏盏灯，孕育在黑暗的身体
黑暗的身体里，我也曾孕育并亲手熄灭了一盏灯
那是 18 岁的夏天。焦虑的，近乎绝望的夏天
大脑一片空白，心止不住战栗
这些年，我一直在黑暗里缅怀
那盏疼痛的灯。她映照了我的罪孽深重

# 缘分五月

到了这个年纪
总会情不自禁地想起
我那未曾谋面的，第一个孩子
紫藤花开的五月，阳光灿烂得让人流泪
穿着蝴蝶结拖鞋的我
走进一家简陋的私人小诊所
肥胖的妇产医师，和各种冰冷的器械
生生剥离了我意外而至的孩子
出来时已是黄昏，我轻飘飘地走在尘世
看街上的人们活得拥挤，却也井然有序
我暗怀自己的悲伤，逆着人群流淌到阴暗的角落
蹲下来抱紧自己。想一阵哭一阵
直到天色暗了下去——

多年后的五月，我的第一个孩子来到人世
陪我共同经历这人间
并目送我的背影渐渐远去

# 这痛，注定蔓延我的一生

小腹开始刀绞地痛
整个身体，像攥紧的拳头
躺不住的我起身下床，疼又一把将我拽低
我捂着肚子蹲在地上
流汗，流泪，呻吟
旁边床上，刚服下药物的女孩
药效还没有起作用
正和男友面对面躺着调情
这租借了民居的私人妇产诊所
房间阴暗，散发着令人眩晕的气味
我惧怕、憎恨的地方
又总是在我走投无路时挽救了我
还是那个肥胖的女医生进来
递给我一个装医用器械的托盘
让我接住坠落的骨肉

出来的时候，阳光依旧灿烂地照着
人声鼎沸的街市上，春天已降生
我像个重新活过来的人，走得很轻盈
没有人在意我，如释重负地长出了口气
更没有人在意，我身心的残缺和眼底小小的感伤
我两个月大的，粉嫩的孩子
因为性别明显，身形完整
将长久被药水浸泡在玻璃容器中

在粗糙的私人诊所，作为标本被参观
被指指点点。而没能成为真正母亲的我
对此无能为力
任由风，吹出了泪水，又吹干了泪水
过去一直幻想的女孩儿
温软的小身子扑进怀里，该如一团棉花般暖心暖肺
而现实如此。像我们总是一心一意
扑向这个世界，却又一次次被她拒绝

多年后，诊所关掉
医师早已去向不明。我一生无处安放的孩子
幻想她的种种去处
是我此生无法消解的痛楚

## 爱，这生命的火光

常常想不起，是怎么开始的
望向雨飘飞的夜空，突然生出一份惦记

当从其中穿过去，是快乐的灰烬
当从其中退回来，才感受到燃烧的疼痛
似乎也没想明白，是毁灭还是拯救
但骨头变轻，语言绯红，都在沸腾

有时，以为消失了
但余温尚存。看似的绝望，都有重燃的可能
有时，真的消失了，却有不散的阴影
像回音荡漾的空谷

爱呵，是一个人走过尘世的遗物
她被反复继承，有如初的温度
只是无人说清，她是水中摇晃的月亮
还是体内咯咯作响的骨头

## 秀水山庄的鱼

透过浓郁的汤汁和佐料
我依然看得见它睁开的眼
彼此催促动筷子
顷刻间，它的完整被撕碎
成为每张嘴里的赞美

在池边，几个男人
将它们分别塞进白色的塑料袋子
扭动。拼命扭动
袋子破裂，重重跌落在水泥地
仍然在扭动身体
它们睁着的眼，此刻让我绝望到底
自救，显然力所不及
身旁那一池养活它们性命的水，此刻
是多么大的一颗泪

血红的夕阳挣扎了好久
还是坠落水里
成为昨日

# 羊皮筏子

无非是小圆木的框架上
固定着一群羊的尸体
没有头颅，羊毛，掏心掏肺的羊群
被铁丝捆绑整齐，气鼓鼓地漂在黄河上
承载着一具具兴奋的肉体。多少年
皮囊由柔软变得生硬，由洁白变得锃黄
但它们分明还活着，在河面上跑来跑去
仿佛跑在碧绿的青草地儿
而那个撑筏的中年男人
携带着一条河的沧桑
动作机械地撑竿，面无表情地收钱
眼神一直空洞、迷茫
他，就是死了很久的领头羊

## 自杀的狗

满月起养的狗，从没拴过绳
和主人同吃同睡。渐渐地
它忘了自己是一条狗。晚上
它带领着一群圈在院子里的狗
翻墙，钻洞，进入住宅区里溜达，嘶吼
像一群流里流气的社会小青年儿
主人只好给它系上绳，拴在墙角
长了这么大，它从没受过这种束缚
倔强地抗议，用头猛地往墙上撞
“咚，咚，咚……”
死亡的鼓声，把墙上的血迹加重
“你这烈性的狗东西，今天非要治你这毛病”
主人眼睁睁看着，孩子一样养大的狗
在又一声撞击后瘫软在地，一动不动

叙述这事的男人，黑瘦
往嘴里又塞了块儿喷香的狗肉
喝了一大口酒

# 第四辑

# 浅吟低唱·流年微漾

## 你好，若水

若水，是我一眼就喜欢上的词语
她是善，是静，是一首诗中最动听的修辞
是春季窗前绣鸳鸯的花针
是秋季楼台上胭脂味的琴音
是所有柔软、细腻、舒缓的思绪

后来我知道，若水还是宝鸡一位中年男子
他几乎每天写一首诗温暖自己
他在诗里把白天当黑夜，在被面上收割油菜
给陌生女人写赞美诗，沿着左边去见你

若水，他比水滚烫，比水冰凉
他常常被水淹没，又像水一样沉默
成为水的骨头，或倒影

若水。其实不是某个人，也不是某种水
他是禅语。是抚过万物的手指
教你如何相安于尘世

若水，是一首诗的开头，是一首诗的结尾
当我再次说：你好，若水

## 洗诗歌

面粉与水，三比一的比例和面
感受与词语，糅和成句
面团饧一小时，揉至有弹性
句子放置若干天，揣摩得有张力

团在手里，在一盆盆清水里
反复搓洗。直至无淀粉
夹在指间推敲，斟酌。反复洗练
直至无赘余

洗好的面团柔软，灰白，光滑紧密
洗好的句行骨感，精细，光滑紧密
上锅蒸熟的气孔面团为面筋
留有想象，思考空间的分行谓之诗歌

每斤干面粉，约可洗出 0.45 斤的湿面筋
一生认真写诗，未知几首好诗

# 屈原祭

一碰触，就丧失了所有词汇
坚硬的，是水里沉浮的石头
比石头更坚硬的，是你的骨头
以及两千年来，也不曾腐烂的句子
只要五月的风一吹，那绿又冒出来
葳蕤或纠结，热爱是主旨

也偶尔幻觉，你江边倾斜的身子
那弧线，是垂钓夕阳还是故国？
所有放下的放不下的世事，都留给了岸
既使你悲绝地闭上眼，也能看见
江水涌动着生命的暖

诗人，坚持以这样的方式老去
如一条河流，谁又能更改
他奔赴到底的信念？
天空苍白如纸，你终是抱紧一个日子
沉下去，沉下去
成为无法淹没的绚丽……

## 秦岭的高度

上山之前，天上落下的是雨
湿重。在柔软的事物上砸出一个个坑
上到山顶之后才发现
天空飘的是雪，轻柔
覆盖着净或不净的万物
越高处，事物越轻软
比如，天空、云朵和翅膀……

它们其实是保持原有的模样
只是，在向下的过程中
不由自主地被时间改变了初衷

一个人从低处走向高处
就会白了头。而反方向行走
却不会因此而年轻。不高不低处
有一群野羚羊在幽闲地走
它们不恐惧，不寒冷，不知痛苦
对世界，还处于懵懂

## 立地成树

那个早晨，我们冒雨进入
秦岭撒下了弥天大雾
像是对我们的到来，持有的怀疑态度
只有树木，侧身让出道路
一路上，静静地对一车新鲜的人类进行着关注
这些千百年的大树
它们有着青苔的身世
有着腐而不朽的生命
它们群居在这深山，却各有各的孤独
我们摸摸树干上的沧桑，或者说说妖精
也猜想着枝头鸟儿的姓名……
但这一切，笼罩在雾中不清不楚
树木，会不会也老到糊涂？
和永恒的时间一样，不清楚自己的年龄？
一年年枯了又绿，死而复生
这般无休止地往复，一如永生
就如人类也常常做着长生不老的梦
如此，立地成佛
等同于立地成树

# 在石榴山路上的看见

我看见堤坝强硬控制着水波澜的情绪
我看见树木用碧绿掩藏千百年的憔悴
我看见风踩着树梢一路向北
我看见花朵都努力向阳光看齐
我看见每一座山都长成自己的名字
我看见悲欢在山脚下聚散依依
我看见道路伤疤一样布满青翠的山体
我看见夕阳流着血跌落尘世
我看见石头河光阴一样流逝
我看见时光里的一切在车轮下奔跑，破碎
我看见车窗玻璃上，一张被光阴离间的脸就是自己
而我不能闭上困倦的眼睛
我还不想让这绝望的世界
就此死去

## 出路

在石榴山，我终于看见梦想的小路
铺满黄色、灰色、红色的树叶
树梢接壤着拱在头顶，像时间的虫洞
人类，在其间反复地走

我蹲在这阴暗的密林深处
以一片绿叶的身份，等待发生
梦想的小路就在这里，梦想的脚步
已消失在小路内部

这是金秋十月，很诗意的画布
一定有人停留在我停留过的路上
看阳光跳着小步舞，并抒发着同样的情愫
不管来路和去路

就是这样平常的小路，蜿蜒着我的思路
就像此刻，这不能走出山外的，生动优美的小路
又铺上了我无眠的枕头

# 枯叶之诗

百花溃败，失守秋季最后的阵地
蝴蝶以枯叶之名，落脚枝头
天空之门打开，阳光恩施
腐朽之物插上神光的翅膀

这轻薄的黄，这死亡般的鲜活
这生动灵秀的尘埃，这悬在半空
干燥的往事

枯叶旋舞落下，在道路的胸膛
在草地柔软的心尖上，在飘过我
深深凝望时，我的双脚被浮生托起
世界变成虚拟，无物，无我

枯叶包裹着时光在游离
它跟我一样，心怀童话的梦
真的很累了，却不能闭上眼睛
合上的悲伤，又会在夜晚失眠成月光

慵懒的风，将我的孤独刻成薄薄的影像
预设的大雪还在赶来的路上
墙角处，一簇黄菊正在写悼念的诗
落叶开始变得犹豫

风也把我们变成片片叶子
很多行走，重复着破碎
抬头，漫天枯叶蝶神奇地飞
我看她们的眼神，前所未有的潮湿

## 落叶说

请别传递给我手指的温度
请别把脚步变得轻轻
也请别用惋惜的目光相送

让我卷曲，让我倾空
让我保持一片叶子的虚空和寂静
让我在身世之外，与你再次相逢

我是秋风带走的守候
是灵魂的倦鸟
是你看不出的心灰意冷，和沸腾

请别说出回归，重生
不过是一片叶子看着一片叶子长大
一片紧跟一片跳下

不过是一个循规蹈矩的人
沉默地活在一群人之中

## 和风有关的成语

开始，风是无中生有的
制造风声的人，总又被风反攻
于是，就有了空穴来风

后来，风是说了一千遍的谎言
横贯四季，吹老了时间吹瘦了江山
吹得风里有雨沁出
就有了见风是雨

再后来，风，翻阅经书
真理一样把高山吹进大海
把云吹聚成浓浓的愁，又吹灭了生命的灯
就有了风起云涌

风，存在得真实也虚无
一如我们，也不过是掠过尘世的一阵风
早晨，从天空吹过
黄昏，就消失在世界的尽头
空空地来去
不过都是，云散风流

# 雨喊出了一直的清冷

天，阴郁了一整天
雨，还是没有落下来
像许多话，思索良久
还是无法开口

我在久久的等待中
置身于浩瀚的苍穹
多么渴望，一场痛快淋漓的倾诉

窗外萧瑟的柳树
被寒冷剪碎了婀娜的衣裙
这风华已逝的妇人
伸手乱抓着，丢掉的风情

终于黄昏，亮起了路灯
洒下细微的，清冷的光辉
人类如同灯盏，迷失在光芒背后

一盏柔弱的灯，坚持亮着
如同迷茫的灵魂，做虔诚祷告
并张开虚空的双臂，投入黑夜这宗教

谁又在夜半试图发声？不过是一滴清醒的雨
首先冲破自我营造的虚空

## 中雨之爱

让一些执着已凉透
让一贯喧闹的，学会冷静

一场中雨，可以如此理性地爱
世间的石头。拥抱，滋润，安抚
但绝不深入

一场中雨
不似小雨的呻吟
不似大雨的纵情
只是恰到好处地在爱，在疼

# 热恋后的黄昏

我只是突然就老了
没有力气再在雨天抒情
一呓语，火焰扭曲成痛苦
一回眸，大海破碎
我只能眼睁睁看着雨
掷地有声，或轻薄地随风飘散
像我这一生，说出和来不及说出的话语

漫天的雨，将我陷入巨大的忧虑
听时间滴答，心跳滴答，血液滴答
忽明忽暗的雨，忽深忽浅的水
很快就到了黄昏，热恋后的屋顶
没有人，在那里

# 天色已晚

我说：你好，某某
看着你微笑的眼
把一首诗的开头
认真重复了一遍

其实，我们从未见面
其实，我们常常见面
在一首诗里彼此看见
在一首诗里，赏雪，漫步，晚餐

雪真的落下来了
我们瘦瘦的背影渺小到尘世的另一端
雪地上，留下两行并肩的脚印
泪水一样深刻、饱满

## 落空的中年

一只猫在墙头走
不知是归来还是离去
在一朵昏黄灰小的光阴里走
必须点亮灵魂的灯盏
将道路血管样反铺在体内
才不会将自己走失

从墙缝间顶出的银杏树
挂满了青黄色的记忆
许多年前，我坐在窗前细数过她的叶子
而今不能了，以为数不完的日子
早已凋零一地
那些年华，欲望，还有罪
总是呈现锐减的趋势
我也早已学会了原谅和忘记

这样也好，简单明了，也就不会叹息
就像此刻，孤身的我站在黑暗汹涌的屋内
看这 20 年来依旧的景物
这波澜不惊的一生啊
从一无所有，到一无所有
仿佛一列火车穿越了一次夜的山洞
只是深入浅出地黑

# 再生梦境

欲望把楼群越架越高。低处的
是人们心头压抑的绿色
耳朵里装满烈酒，厮杀和痛哭

阳光冲垮的阳台，你幸福又忧伤
捧一本旧书打发日子，生命却出现更多的缝隙
在早春，你看见她抖落一身极地之寒跳到你面前
突然地有些混乱。醒来的床单
裂纹布满，一个赤裸裸的灵魂
躺在上面

梦境戛然。灵魂出窍的人
在漆黑的夜晚，举步维艰……

# 摸摸七月

摸摸七月，什么都是滚烫
一张脸，一支歌，一粒词语，一个意象

滚烫不能用来形容温暖
也不能用来形容深情

但我想，它可以用来形容伤口
不信你摸摸爱过的地方
火烧火燎地烫。无法冷静
不肯愈合

## 任时光流逝

天阴沉，困意袭来
桌面质感，正好搁置一场梦

逃避，多年的习惯
一直纵容，现实坚硬时
抱紧夜色，就不惧不疼

流年潺潺而过，她怜惜地摸了摸
越来越软的骨头

# 后屯村的狗

和城市里的狗没什么两样
它们胆怯，忠诚
眼神清澈得能看到心底
在我靠近时，向我摇尾
我伸出手，它友好地嗅嗅，并舔舐
我摸它，它就乖巧地低下头去
只是在我回转时又一次走近
它逃离了我喜爱的好意

当然，这个村庄落后得有些原始
安宁，淳朴到无杂质
狗儿们拥有一片可以安心躺下来
晒太阳的土地
可以不受城市里繁华的宠爱
和伤害

# 后屯村的安详

茅屋炊烟。是远离世俗的期许
是纯净天堂般的遥不可及
而此刻，它真实呈现在我面前
院落里堆放着柴草和农具
狗呀鸡呀让时光悠然缓慢了些许
成熟的玉米在屋侧悬挂
阳光打在上面，像梦想已经金黄

天空，是心无城府的蓝
云朵，如同心事不浓不淡
我和众人杂沓的脚步，亦将离去
像翅膀划过水面，涟漪过后
不留下任何痕迹

这安宁的生活，是我们穷极一生的追求
而眼见着，又迫不得已要回到水泥森林中去
只是在繁复日子的间隙，它如同灯盏
让我又看见了泥土路，土坯房
土地里种植的朴素和善良
这让我们一生为之虔诚弯腰的泥土大地呵
终将是我们最幸福的埋葬

## 窗外

下午四点半，背靠暖气
想写几行小字。不自觉地
写下静里时间的流失
类似于电流，惊醒我困倦的眼睛
窗外，麻雀代替了枯叶挤满枝头
听不到风言风语，更没有欢呼雀跃
楼群披着阳光，站成了一种僵持
因此，天还不能黑下来
天还不能黑下来
心肠不能软下来
所有的念头也不能打消，而我
也要保持必需的清醒
水龙头拧紧早已停掉的水
一切，蓄势待发
一切，等着在黑夜的掩饰下
就突然开始

# 在塔尔寺

红衣的喇嘛站在门内阴影里
身后的庙堂，酥油花灯飘摇着幽暗光芒
众神安详。我站在门外
阳光在周身镀上了一层虚幻之光
一门之隔，隔断了红尘烟火

我有意向年轻羞涩的他靠近几步
在按下快门的瞬间
他扭转过去身子
明净的眼睛避开了相机的捕捉
镜头里，只有红衣角空灵地飞扬

当夕阳如一颗血红的心，从鎏金屋顶滚落
我也成了一个过客，肉身沉重
无法掏空体内的杂念。因此
他轻盈转身，刹那衣角飞扬的美
至今，被我世俗地牵挂着

# 北首领部落的美好的生活

走进这里，就进入了远古的时光
渭河还在，骨头还在，智慧还在
那些历史的足迹正与我的步调契合
你看，还未死去的，已经消亡
一些死去的，还沉默地活着
重见天日，并引领我们深入，欣喜和猜测
故事究竟是如何开始又结束的
我们的先祖，是如何懂得规划简陋的生活
懂得如何相亲相爱的生活
多么美好的生活啊
一切都是慢的：制陶，打鱼，狩猎
一切都是钝的：石铲，石刀，骨针
唯独时光，那么尖刻

## 水，是一首一尘不染的诗

在淳化，面对汉祖御泉
想写诗，很难。想不写诗，更难
啊，差点忘记了，水
本就是一首源源不断的诗
述说着自己简净的故事
其实，每个人都是一滴水
一滴跟不上自己奔跑的水
一滴水，就是一个幻象
一滴水，就是一座天堂
一滴水，在为另一滴水喝彩
一滴水，也会为另一滴水流泪
一滴水抱紧另一滴水
生命，就有了情意绵绵的延续
在一滴水里，我们学会了自省
感恩，和谦卑
在一滴水里，我们也会再次爱上
一无是处的自己

# 走在初春的黄河边

春风打开门户，人们涌向黄河边
索道码头欢腾起来。快艇吼叫着
溅起一阵浪花，留下一串欢笑
更多的人，专注于满天飘飞的风筝
专注于中山桥，从南岸到北岸的风光
以及铁桥石碑前，相机里捕风捉影的事儿
没有人在意，静静的黄河水
这个被比喻为母亲的，被不绝歌颂的河流
如今，她缓慢，清瘦，又孤独
每次来兰州，我都要在岸边站立很久
像看望一个迟暮的故人，听她的喘息或低泣
再伸手抚摸她的冰冷，柔软，和流逝的疼

从东向西，我逆流而上
河水沿目光回到了天上
在越走越深的孤独里，一只掠过河面的白鸟儿
久久伫立在滩涂，回望它刚刚飞过的痕迹
仿佛走到中年的我，也是这般回顾
身后的波澜人生。突然涌出泪水
呵，还可以因为某种情愫而落泪
是春天给我的第一个惊喜

# 瞎子的美好春天

瞎子对于春天，要用手抚摸
春风紧致细滑，青草腰身纤细
春水胸口起伏，柳丝绵软无骨
桃花唇红，梨花齿白
她们开得慌乱而隐秘

蝴蝶的翅膀就在耳边煽情
一个瞎子，感觉到了春天的美
他兴奋得心花怒放，语无伦次
“哦，我的姑娘我的情儿”

春天，是瞎子命里的女人

# 和一个年轻文友聊天

跳过世俗寒暄，跳过天马行空
直抵内心深处
从风景到一个人的城池
从诗意到蓦然的荒凉
他说，他喜欢静静关注
我说，有多狂野就有多寂寞
有多阳光就有多忧伤
再说到怀旧情结。我承认
我是旧人，很旧很旧的人了
因此我不再畏惧什么了
而他还年轻，却和我一样说着老
于是，我们相约着要一起戒掉“老”
最后他说：你若盛开，清风自来
我把他这句话作为这次聊天的结束语
这样听起来，一切都显得如此美好

# 假装成一个伪诗人

和刚认识的诗人荒原子聊天
我说：我舍不得，那些旧
他很快写成了《舍不得》
这是一个诗人对诗歌的敏感。我没有
我说：诗歌，我根本不懂
他回：我也只是爱好，只不过
比你爱得时间长一些
这是一个诗人对诗歌的执着。我没有——

对于诗歌，我是真情，假爱
只是这句话　我没有说出口
我不想被他听出，我的多情
诗人对诗歌的多情，我不该有

最后我说：我喜欢你的《请允许我偷偷爱一次》
连读了两遍。剩下的时间，我深陷于此
偷爱？偷爱！
让我有想哭的冲动——

# 缘分是星星聚在夜空闪了闪就各自消失

见到胡亮，首先见到的是
活动主题屏上他的名字
让我联想到孩子们对事物极致的形容：
胡好吃，胡好玩，胡难看……
而胡亮，江湖人士，习水性
至于他的来龙去脉，是藏在他镜片后
深远的海

接触应该是我为他添了两次茶水
他礼貌地说了两次谢谢
我们都面带笑容，互加了好友

散会后，我和胡亮在微信里再次相遇
聊得投机，不仅动用了一些华丽的词语
甚至还惊动了诗歌。他说到
女性写作的一个现象，一个惊讶的现象
我极其认同，却没有点头

相近的年龄让我们聊得随意也真诚
当问及他这一路行走要报多少次电话号码
要将多少陌生人加成微信好友
之后又含糊不清地一直陌生
他说这是礼貌。但我听出了其中的无奈和疲倦
立刻删了他微友，我用这样的方式

做了一回体贴他的真朋友

一面之缘是注定，无须奢求
天黑下来，我洗掉脸上的尘土
胡亮在酒店房间订他的归程
我们就这样，没有说再见
各自消失在茫茫人海中

# 在时光凉了的茶水里

——致燕

秋水上涨，我去见你
起伏，荡漾，只在心底
我们以茶代酒，年华落尽了
掉进杯里。沉在杯底的我们
样子简单而明媚，时间是快乐的流水
那时，老师和同学总分不清我和你
在他们嘴里，我们的名字是连在一起的
四字成语。其实你比我高一些，比我略黑
毕业后，你对我新交的男朋友不满意
觉得他配不上我。和我父母一个语气
但还是赶回来参加我的婚礼
并遗憾，没能成为我的伴娘

苦涩的茶水，咽下去就有了若有所思的回味
现在，小半辈子过去了
我们称呼彼此的父母为咱爸咱妈
可我们长大成人的女儿，互不相识
天黑尽的时候，我还回你披在我身上的
格子披肩。消失在夜色里
而你很快，也将再次前往珠峰
用性命抵达内心的风景
这是我们无数次别离中最难过的一次
你走后，雨就一直下
我想写首诗给你，又怕你读出了潮湿

## 遗忘，像一朵雪花

这个冬天，我昏睡，喝水
有时，将月季花剪下
插进花瓶，看她“哗”
一下开好，又一瓣瓣落下

这个冬天，孤独茂盛
我宅家，做梦，找寻一首诗的出处
雾霾严重，封住窗口
像更深的睡眠逼近坟墓

这个冬天，邮差送来书信
地址不详，也没有署名
如雪花一样干净
一样完好如初

## 时间在收割

年，还很远
我已买了好些新衣服
装扮我的旧身体
——这一枚逐渐失掉水分
和颜色的果实
不过是怕站在镜子前
不肯与自己相认
更怕旧身体，成为
某个灵魂的故居

## 诗歌强行诞生的午后

茶已经凉了。浸泡的玫瑰
还未褪尽颜色，仿佛这个下午
一直酝酿着的诗句

风从后面吹来，叙述就有了凉意
没来得及出现的人和情节，卡在半行句子里

梧桐树在碧绿地摇晃
风，总是先行于自己
而我，就是树上掉下的那枚痴狂的枯叶
在不合时宜的季节
被苦苦坚持的，所遗弃

# 一年又一年

这一年，又一年
卡在年与年之间
学会了总结，抒情，怀念
你说，就“这一年”吧，比“又一年”饱满

诗歌写得不像诗歌时，我距离诗人甚远
当诗歌写得太像诗歌时，又成了滴水不漏的缺陷
许多年，我写着不是诗的诗
成为不是诗人的人，不知是一种幸运还是遗憾

这让我想起一个纯粹的诗人，曾经的放羊娃
如今他放牧的羊群漂在了黄河上
像词语溺水而亡，我并没有看出他的难过

也让我想起了另一个诗人的诗歌
一个自喻为小饭馆里厨师兼服务生的诗人
他只作为宾语，出入诗歌

更让我想起了我。这一年
还是没有分辨清雨水和泪水
她们同样将我淋湿。这一年
走在路上，红灯停绿灯行
遵守活着的规矩

## 老诗人

因为写诗，我认识了一些诗人
或者，只是一些诗人的名字
比如刘年、朱剑、若水、二满
还有余秀华和玉上烟

有时，我在他们的诗歌里想象
想象他们写这些诗句时的心情、地点和模样
比如：醉后红着脸
被一支笔摇晃得很疼痛很孤单
但大多是在灯光把夜戳了个窟窿的时间
不然，我怎么轻易就掉进了里面

当然，我也想象他们老了以后的画面
还会不会有写诗的力气和灵感？
想象诗人变老以后，或许也如我一样
坐在阳光下想念，为没见诗里写下的那些人
而欣慰而遗憾。也会为曾经灿烂地拥有
而抱紧剩余的黑暗

## 在路上

因为想说的太多，所以选择沉默
因为沉默得太久，所以写在纸上
因为纸上写下的太多
所以越来越不爱说不会说
再后来，那些想说想写的
思来想去，都没有说出写下的必要了
唯有还未形成的思想和情感
有着发生的意义
可不是吗？最好的诗歌
永远都在酝酿。永远都走在
从内心到指尖的路上

# 妇女节

醒来的这一天是明媚的
推开窗，阳光在绿草间跳舞
枝头长出青翠的鸟鸣
春风掀起对面楼上晾晒的床单
一群孩子嬉闹着跑过去

这一天，我出门，与邻居打招呼
进入菜市场买回我爱的生菜、香蕉和蘑菇
现在，我要在音乐里坐下来
写下诗歌，作为送给自己的节日礼物
接着整理，擦拭，将花草搬到窗台
用接受阳光的心态接受生活

一整天，我都在琐碎地忙碌着
不再报怨烦累的工作，碌碌无为的时光
我日渐衰老的容颜，窘迫的呼吸……
正是不完美的它们
构成了我完美的生活

## 孤独，是辽阔的快乐

从今天起，我要褪下身上的花色
不再习惯于被宠爱，被赞美
而是亮出仅剩的刺，挑破长在脸上的面具
做回真实简单的自己。在绿色的大地上
旁若无人地奔跑，舞蹈，写诗

对遇见的陌生人微笑，原谅伤害我的风声
与每一场雨相濡以沫，与摇晃过我的雷电重归于好
不再在手心画上黑色的翅膀，妄想飞翔
也不再虚设漩涡，做无可奈何的陷落

我要像一颗仙人掌一样，无论如何
都能扎根于生活的荒漠，以“绿”的姿态
死死地活着。孤独而快乐

第五辑

# 梦幻天堂·绝美飞翔

# 寂寞奔跑的河流

一个人的大床上，摆放着两个枕头
像夜的大海上，两只寂寞的船只
无疑，它们在彼此安慰，和孤立
她习惯睡在右边，左边留出位置
能躺下就说贴心话的人，还不具体
但她依然为他备好柔软的春风
和宽大的棉被。绽放将是瞬间的事儿
睡梦中，她会不自觉地再向床边外移
她怕那个“空”位，会感觉挤
当然，有时她也会将脸埋进
旁边的枕头里，仿佛贴着一个人
跳荡的胸膛和呼吸。天气好的时候
月光就会爬上床填充那半个空位，仿佛
夜半溜进来的情人，空气里就有了
暧昧气息。夜晚不断渗出水
那或许是她过于潮湿。到处都有泪流出来了
月亮本就是一滴悬挂了亿万斯年的伤悲
她分明感受到了光滑月光的深入
充盈着她无际空虚的身体。它撤离的时候
又似乎抽走了她体内的河流，她如同寂寞本身
一滴跟不上自己流淌的水

## 决堤的想念

每个下雨天，都是我对你千丝万缕的想念
我用雨里居住的幽暗森林，用雨里宋词的幽怨
用矮到额头的迷雾，用我体内的半生雨水
用所有忧伤低垂的词语，来想念
就是不能用滚烫的情诗，用干燥的呼唤
它们很轻易就会将一张纸点燃，这致命的危险

我想念时草木低着头，含泪的花朵美得让人心颤
我的想念能让世界变得异常安静，时间坠落得很缓慢
想念只在下雨天，因为晴天还要用来飞翔
因为活着更有一些积极的责任和担当
我用雨天想念，是不想遇见明晃晃的背叛
我用雨天想念，是因为骨头上还留有一小簇火焰

其实，事与物，你与我
都在寻求平衡点。像齿轮啮合，像花叶相错
取舍之间，进退之间，如此构成生命的圆满

我的想念，是水拥抱水，是伤覆盖伤
是从遥远中到来的遥远，是从虚无消失于虚无中去
当想遇上念，不是灰烬就是草原
想念的雨是苦海无边是雷鸣电闪
想念的时候，河流同一个方向，人类使用同一种语言
想念是雨漫天寂寞漫天

由此，内心漫出无数个痴狂的我
一起用力想念。想念成汪洋成泛滥
想念你，因为你连绵的温暖和湿润的柔软
还因为你是众多雨水中旁逸斜出的那一滴
有时落入眼眶
有时落入心底

## 蜂鸟

一直飞不是问题，问题是
还能悬停着等一朵花敞开心扉
能穿过时光不是问题
还能从经历过的光阴里
倒退回来才是问题

你看，我从我们糟糕的结局里
退回到了初相遇，有如初的惊喜
感恩，和心悸
即便只拥有针尖那么小的爱
也是纯粹的甜蜜呵

注：蜂鸟是鸟类中体型最小的鸟，以花蜜为食，它可以在飞翔中悬停在花朵前吸食花蜜，鸟类中唯有蜂鸟有此本领。它也是唯一可以倒飞的鸟。

# 丛林

其实，我已经走在雨中
伞，遮掩不住潮湿的心情

雨像个诗人，话说得那么朦胧
这让我想起了另一个诗人
和他泛滥的爱情
他不肯平静，和我一样
等待重燃的可能

那个自语的黄昏
说到雨水中两块拥抱的石头
说到沉痛相爱的两只昆虫
最后，说到幽深的后花园时
窗外的雨，疯狂而冲动
以至于话题，直接就跳过了那秘密丛林
直奔河流深处

# 仿佛初恋

他们不是情人
却在这个清晨谈起了爱情

阳光落在窗台，白白的
像冬天刚刚呵出的热气

说着爱情的他，穿干净的旧袜子
用刚洗过的手指抚摸雪白的纸

而她坐在纸上，听细细的流水
除了石头与水欢快地碰撞，一定还有什么在怒放

这样的清晨，就是诗歌的样子
一如白纸与黑字，以分明的立场爱着彼此

# 七月

亲，七月刚刚开始
我已厌倦了所有事情
醒来，呼吸，睡去……

亲，放下了过去，却放不下那一场花事
你知道的，我真的想
白纸一样铺在你面前，没有爱恨和姓氏

亲，七月是流失于体内的热情
这是此生最后的燃烧
中年光景已滑向黄昏，若还有残香
即便雨打的时分也要倾情
比如，又听你温柔地唤我
一些不合时宜的想法，藤蔓一样爬过来

此刻，山水遥远
你又在哪一寸光阴里微闭着眼
听一场雨的絮弹？

亲，水与水的交融，我正好看见
寂寞，伤口，灯火，诗笺
七月，被布置得恰到好处地难忘

## 失眠的夜晚

被你追逐过的影子，还守在原地
用尴尬的颜色摇曳出一段波折
——她喝酒，说梦话
并在后半夜醒来，拔掉心上的刺
让经年的伤口，开出雪莲花

这个季节，隐藏太多的风险
太阳毒辣，过期的场景
翻滚着浪花，令一些情节还来不及发芽
无法延续的，都会被时间作废
比如爱过的人，远成天涯
她放慢呼吸，望向天边的神话
看见，有人收割庄稼
有人，点燃雪花——

## 爱情故事

雪落之前，花叶已落尽
门前只剩一截生锈的铁网
和干枯的葡萄树，互相表达感情

铁片切进树身，树藤死死勒紧铁
谁也不放手不喊疼
顺着伤口摸了摸扭曲的树皮，“蛇”
突然跳出脑海，我缩回恐惧的手
似乎摸到了邪恶的温度

禁果，不是苹果，而是类似葡萄的果物
秋天，我还吹着绿风，吃这树上的葡萄，
“甜”，本就是诱惑的语言，容易致命

在生硬的冬天，让相爱的两件事物
彼此伤害，是不是上帝
又一次狠毒的诅咒？

## 红颜

风，打不开雾霾
这一冬，是积蓄太久的忧郁
我唯一取暖的方式，就是退回诗里
等待被春天领回
你在理想深处，握着我虚拟的翅膀
你看，蝴蝶小小的，像羞怯的种子

亲爱，今夜你得打开胸膛
让她落脚，不管灯火辉煌还是苍凉
你要爱她，被时间涂改的经历
爱上她，身上开满的伤口和小脾气

如何，把错过的时间重置？
让你知道，美的，不仅仅是流逝
而我不能和你说起南方，说断桥的残雪
只能战栗着，将一场场寒流捂在心里
即使风雪纵横体内，也要让你看见
红颜，是怎样花朵一样的修辞

# 残局

他悬浮、隐秘、话说一半
故事荒芜了有些日子

你在白月光下，舞蹈
安静写字，直至痛哭流涕——

梦外的时光，洞穿你们的身体
新生出冬日恋曲，灌满了音符与词句间的缝隙
为此你心悸，狠狠流泪
并把那些柔软的部分折成蝴蝶，放飞
引诱春天提前到来。却还是没能挽救
他在你诗歌中的枯萎——

# 写一封信给你

感冒仿佛一场恋爱，来得总是这样
惊天动地。听到关切的话语
按时吃药，多喝水。再削一只红苹果
在飘满果香的房间里摊开纸
写一封信给你。告诉你，我这里冬天的第一场雪
只是虚晃了一枪，就策马去了远方
告诉你，我出门穿得很暖和
在还没遇见之前，我更要保重自己
告诉你，从殡仪馆回来做的第一件事
就是给我的吊兰、芦荟、仙人球又浇了一遍水
呵，水，已经成为我感激活着的另一种方式
再告诉你，今天邮局送信件的那个中年女人
像一枚绿叶飘过我身边时
我瞬间就想到你坐在铺满阳光的房间
读我信件时的微笑样子
这样给你写信，是在暖洋洋的午后
仿佛烦恼、冬天，都不存在
这让我感觉无比愉快
我也知道，写不写下想念，天都会黑下来
因此，我也会俗套地写下晚安
结尾处，我已吃完了整个苹果
用生香的唇齿又读了一遍我写给你的句子
像是吞下了整个秋天那么陶醉
虽然我的信件，暂时无处投递

# 钟情

我走在大风吹乱一月的街上
你在暖和的小屋写一首孤寂的诗歌
当我落座于五光十色的会场
你写到美丽的肩胛骨和嘴唇闪亮
在你我都不熟悉的舞台中央
人类的盛宴，川流不息
口若悬河。而你沉默
水杯溢满了激情的音乐
你看不见我的舞蹈，和飞翔
所以在回返的路上
月亮高悬着一望无际的空旷
只有一种声音让我们同时感到忧伤
“树木掉光了叶子”
“树木掉光了叶子”
所以这世界上只能有一种眼神
像黑夜中残存的灯火
落在你身上

## 你知道我是谁吗

幻想见面时的多种场景
猜想见面时会说的第一句

“你知道我是谁吗”
没有烛火摇曳的浪漫
没有雪落黄昏的静美

我们有太多想说的话
而在这一句之后
都逃犯一样藏匿

太阳也有讽刺的一面
词语也时有困倦
一个悲痛的消息让晴朗的天色骤变
我们只用无需回答的提问，表达遇见

“你知道我是谁吗”
一页稿纸长出一首诗
我们握手拥抱在一起

之前，稿纸没遇见诗
诗也不认识稿纸
我也没见过你

# 属于你的这个日子

这一天，是属于你的
万物的光辉，是属于你的
包括我从《声声慢》里摘取的一朵忧伤
也是属于你的。烟光薄，菊花残
雁鸣断肠的念想，这些醉人的
小小的疼，都是属于你的

你只用一滴泪，就赋予我的世界清明的意义
你俯在我耳边的低语，断开了秋水
你许我一个不老的誓言，天下尽失
你映在我铜镜中青衫的背影，分外清瘦
只一次注定的遇见，我就在你怀中
揉成一阙宋词

从红尘中起身，我为你穿上蝶衣
在大雨中翩跹，我为你守候一个归期
今天，我也是属于你的。是你转身
遗落在时间荒原的黄玫瑰
是凄婉二胡声里，流泪的琴师

# 当我饮下你剧毒的文字

罂粟花一样
剧毒的，都有着夺目的美
像前世的召唤，走进你
一个夜晚涌出了泪水
我的灵魂止不住战栗

一个用心写作的人
笔。带不来除精神以外的任何能力
“姐”，是无法愈合的伤口
我在这痛中，走来走去
一生被苦难挟持，你柔软的唇
含着命运的悲剧

“很多时候我宁愿她死了”
死，是活着最安慰的形式

我不能再喊出你的名字，不堪触摸
你笔下巨大的悲。从雪到雪
我在静止的夜里轻轻读你
那些幸福、疼痛、悔
那些广阔黑暗里的渺小和卑微
那字词间闪动的泪光。让我从你中
认识了自己

而现在，你要捂紧心口
学会承受北方这冻疼了你的寒冷
才能守住秘密，守住诗歌的城池
我已懂得，你一次次行走的意义

一把刀，正面是温暖
寒光一闪，掷地有声地呐喊
你坚决用诗歌与一个时代对峙
一个时代与贫穷的你，可以什么都不是

你把虔诚的灵魂一腔的热爱
都朝向汉字，排列成王朝、生命、智慧
这些让我羞愧。羞愧我的苍白
和对你仅仅的爱意

## 救命稻草

水街有柔情，似水
适合引流进一首晦涩的诗里
还可以加入绿油油的羽毛
沿途的小桥，人家
以及被水侵蚀的岩石
你看，时光的河流已洞穿我们的肉体
这些年顺应水，已让我们渐渐叛离了自己
水中的人间一冷再冷
让我对她的热爱难以持续
亲爱，你是否仍会在河水上涨的时候
递给我一把干燥的词语
以便我安然度日

# 诗歌的介入

听见一颗石子，落入大海
那么轻，又那么投入

现在的我，只剩下冬天的贫乏
枯树举不出一粒鸟鸣
像我对诗歌，满怀愧疚

阳光落在别人的窗台
我在自己的阴影里，妄想一次激动
而喊你你也不应，这纸上长出的情意
最经不起风吹草动

是什么，将关系定义得模糊？
其实呀，我只是飘落在水面的雪花
你是一截燃烧过后的木头
没有关联，也无需挥挥离别的手

## 墓碑开花

当我再写不出爱情
那可能是我已被爱杀死
最幸福地死亡
像镰刀于麦子

也或者
是我已将爱杀死
如此占有
是毒气攻心所致

偶尔，我也暗自怀念，悲泣
让遗书写下我
一瞬间的激情，一世的悔意

若我老去
请爱过我的人
在我的墓碑上刻下：
逝于爱。但比爱早逝

并非我天真地以为
爱在时间的草丛里
一直伏得很低

## 沉浸

而你一直坐在这些昏迷的词语间
支撑往事。慢慢除去思念之外的任何比喻
许多年，你把累积的愿望沉入深水
在子夜，放出翅膀下的影子
是啊，许多年了，我们已在故事中老去
不再背对春天时虚构一场风花雪月的事
只是静静地，顺着风声沉寂下来
闭上眼，光影重重
失散的旧，慢慢聚集……

# 姐姐

我看见月光抚慰着孤单的茅草亭
我看见夜色倾空的酒杯。姐姐
我看见你难过的脸庞，泪水是滚烫的
话语是蓝色的。我看见流星划过黄柏塬的天空
却不能许下卑微的愿望
风，无情地吹着，格桑花朵朵绽放
有张安静微笑的脸，轻轻漾起明媚哀伤

姐姐，我们彼此怜惜
却从不用词语修饰什么
闭上眼，是囚在黑暗的我
正一点点消散的我，怀抱一生最后的花朵

夏天坠落，那是我想要的飞翔
像一只雨蝶，飞不过红尘滚滚
飞不过一场人间繁华，飞不过宿命

握着电话，疼痛漫过胸口
原谅我不能承受这煎熬，不能对你说晚安
在这忧郁横流的季节，原谅我的逃离吧
逃离这不灭的幻想，逃离这无处言说的凄凉
姐姐……

# 如花怒放

北风一直吹，指尖那么凉
姐姐，我们焚骨取火
只为照亮回家的方向
还有谁会像你一样
温柔抚摸我孱弱的骄傲和无法愈合的忧伤
还有谁会像你一样
把我深入骨髓的疼，捂在掌心里
轻轻呵一口暖香——

姐姐，光阴破碎
我们再不能回头望
再不能从旧时的路，拾起纯真的脸庞

今夜，我把浓郁的夜色搬进眼眶
却依然再见，十七岁那年的雨季
两朵野菊花，颤抖着怒放——

## 梦醒时分

姐姐，可曾记得
丢了白马的王子，青涩里的花开花落
蒙蒙烟雨，转身，我们站在水中央
人海茫茫，我们手牵手
从梦里浮华，回到八百里秦川上
金色的麦田，多么辽阔
风吹过麦芒，你是否看见
所有的汹涌，都来自根部的渴望
所有的梦幻，都是落地生成的烟火

姐姐，就让我们继续相亲相爱
在麦田里守望。空心的人
怀抱熊熊的火焰，回到海洋

# 半生缘

浮华人生，孤独行走
哥哥，当我们口含最初的誓言
来到爱情的春天，就不能说一无所有

你看，那从诗歌里升起的白月光
那些辽阔的鸟语花香
那么多斑斓无度的颜色，正打开蝴蝶的翅膀
飞越红尘的悲凉，朝向你暖暖的胸膛

哥哥，你一定也记得
那阳光点亮的心疼，那麦田生长的忧伤
那个守望远方的女子
她怀抱梦境时，透明的模样
冰焰里的奋不顾身，心语里的话说凄凉
而当繁华落尽，她只是你的半世离殇

## 廊桥遗梦

隐在白杨树林里的廊桥
失去了水声。阳光斑驳着木质的孤独
又一次清澈地相逢
哥哥，烙在我记忆深处
春光哗然，你定格下的都是温暖
天空蓝了又蓝，只有你
能看得见，她孩子样纯真的笑脸

如果小小的身影贴着四月的清风
去了很远，那么
会不会有雨落下来，淋湿你的眼
你又会不会在四月怀念？

把湖水还给树林，把流年还给时间
把她还给你，在这支离破碎的人间
哥哥，从此你要守着这廊桥下遗落的红尘旧梦
这一场，白发红颜的恩怨缠绵——

# 你曾用心阅读我的心

尘世沸腾，那些光影迷离
哥哥，如此浮躁
还有谁会静下心去阅读谁？
从微笑，到泪滴
再到岁月风干的那些往事

穿越千年的疼痛和孤寂
哥哥，你可看见那只等爱的小狐狸
她绝望的眼神，凄楚的影子
她被风凌乱的每一根毛发
都裸露着有你的前世。她多想
今生你能再许她一个地老天荒的传奇

可是，月光洁白，黑暗的舞台
她怀抱水晶鞋，望着你灯火闪烁的窗台
天，恍惚亮起来。她慢慢转身
迫不得已地离开……

## 春天的颜色

你看到了吗？春风开在山水间
春花开在耳畔，而我一转身
你就开成我又一个清亮的春天

翻过七十六集春冷宫怨
情字柔弱而不堪，相依相守
这最初最后的期愿，这恩怨情仇的重重劫难
最后只余此生，无尽的孤单

而我们还能回到现在
听爆竹声声，看烟花璀璨
还能隔着一帘云烟，轻声说想念

烛火拽动着夜晚，誓言还挂在唇边
又一场春雨，就要落在窗前
那么，让我成为你唯一的拥有吧
在这不断失去的中年

群楼屹立，日子拉长炽热的守候
人山人海里，有些事情发生过
有些人熟悉过，最后
都成为了经过——

梦醒时分，你会不会泪流满面

会不会怀抱这文字的江山
仰天长叹？

爱我的人呵，我怎能忘
冬风咆哮，春意阑珊
你一直在我的思想里跃动
在我的血液里涌动
流淌成这春色里，最深的明艳——

## 悲秋

哥哥，多想你和我一起看见
这十月，妖娆的秋天
秋风多么自由，白云多么轻柔
小叶杨翅膀一样占据了天空
八渡河静静流淌，一个流年
河水就磨平一块石头。在水边
村庄安详，时光缓慢
秋已倒地一片，像一滩金黄的时间
彩色树叶漫天飞旋，在阳光下
闪烁着飞翔的梦幻。有什么
轻轻落在心底，又悄然飞走
这样的沉醉，温暖。仿佛我一起身
就能掸尽红尘，仿佛我一伸手
就能握住整个坠落的人间

哥哥，此刻你是否已看见了我的看见
这里，金灿灿的玉米，红火火的辣椒
干燥的黄豆和新绿的烟叶。它们
正在回家的路上，用色彩表达成熟
再远处，是斑斓的山林，永不回头的河流
满山坡的牛羊，和各自为王的千年古树

风，追赶着风，风里飘着哀婉的歌声
边走边唱，究竟可以走多远？

又可以唱多久？哥哥
这惆怅、苍凉的歌声，正引领我
走向峡谷的深处。我看见堆积在屋檐下的贫穷
我看见悬挂在枝头的孤独，我看见慈悲开成格桑
我看见我，站在我的远处
可是，我并不感觉疼痛
这一切，让我前所未有地宁静
这，就是活着，是生命的真实面目

哥哥，多久了，我不再以你抒情
不能告诉你，在收割诗歌的秋天
我却不小心在诗歌里迷了路
你知道，那个热爱清澈的女子
她的目光是潮湿的，她的内心是温软的
这样的潮湿行走，这样的温软天涯
这样的听天由命呵。就像秋天拨动心弦
又弹唱起我千年的守候
哥哥，在这明亮之地，阳光打开野花的笑颜
打开草木葱茏，你是唯一的沧桑
这一世的煎熬与苦修，酿我绝望甜美共存的梦

哥哥，你看呐，我就走在这秋天的泛音上
婉转如水。抬头微笑，低头落泪
你只是站在秋天的背面，看着我，看着我
默默无语。一个个秋天在我们中间飞来又飞走
反反复复，照我白发红颜，照我山穷水尽
照我伤痕累累的爱情，葬送在深秋

## 戏剧

其实，花朵有很多暗示
这一次的劫难，你站在虚无之外
我开始逆风歌唱
场景设在不食人间烟火的高度
你笔端的诗意流淌下来
无数的翅膀溺水而亡
亲爱的，你得原谅
我的身体冰凉，不适合飞翔

整个桃花园，蛇一样滑落
天就暗下来。如果非要选在黑夜说爱
那我是不是该穿上金缕衣
并把桃木剑佩戴？
以免被剧情绊倒
被鬼魅蛊惑

# 秋分

秋分平分昼夜
时间平分进退、存亡和得失
我和你平分了秋色
在越来越清晰的铜镜里

看着你我的月亮
是一片秋天的叶子
意象泛黄，很快就要放下往事
只有雨水，在词阙里亮着
照着一天瘦比一天的日子

我再次看见，你邮寄给远方的雁鸣
你用思念洗去的脂胭
在我中年的窗前
开出菊花的凉意

# 长安城

我坐在一朵碧绿的青苔里
呼吸千百年来你静止的呼吸
关于战歌声悲，铁马踏破千帐灯
关于残阳镀箫声，桃红染酒樽
转眼都归了尘——
我的王，我坐拥的这座城池
月光朵朵凄凉朵朵
青砖上渗出的水意
冷却了琴弦上未断的情丝
只等你手中剑来挑明
爱的虚实——

## 诗人和蛇

诗人想养一条蛇
每晚写一首诗读给她听

诗人把蛇养在诗歌里
我懂他养在纸上的爱情

女人怕蛇是上帝诅咒的
因为蛇让这世界有了羞耻、欲望和罪恶

但女人终是被蛇诱惑，修炼成
蛇般妖娆的身姿和绵柔的语气

农夫与蛇的故事不是寓言
是伊甸园智慧果上的咒语

其实，农夫不是农夫，蛇不是蛇
就像诗人不是诗人，他养的蛇也不是蛇

他们，是亚当和夏娃
是赤裸裸的男女

## 桃花开出，陌路殊途

趁着人间的荒凉，还没渗进骨头
我要开成粉红粉红的模样
要在冷空气抵达前，学会自燃成火
挣扎、守望，那些排列颠倒的因果
在岁月的缺口处，赤裸裸地悬挂着

秋水，淹灭了最长的目光
素白的心思，填补着夜空空的纸张
那些秀发飞扬的光，挑破了夜色
流淌一地的蚀骨哀伤
公子，千百年了
我在茫茫雪野，坚持为爱歌唱
你要来，哪怕路长到你近乎遗忘
你也要来。拿去我的诗歌我的幽怨和执念
除了红尘行走的这一行梅花血迹
我什么，也不要留下

# 半面红妆

1

雪在我的春天里
故弄玄虚
导致那只多情的狐狸
变得忧忧郁郁
高脚杯上的爱情
少了应有的淡淡香气

2

现在，我把镜子挂高
一些诡异的影子，贴着爱情的体温
欢呼着奔跑
他们用大把桃花按住伤口
心甘情愿喝下艳丽的毒药
我不吐气，不踮着脚舞蹈
更不会说出去，四月最后的那场花事
一直发着低烧

3

记忆的潮水漫过红烛和花轿

狐狸内心斑斓，欲望破出身体
她贪恋人间的炊烟，棉质的微笑
以及诗人的怀抱
只在夜半，她才回到“我”里
低低地唤“公子，公子——”

我把她的凄楚搬进诗歌
千年了，也只能是心疼地守着
她的眼泪，她的传说
她的半面红妆，一身月光——

# 一个人的地老天荒

## 第一世：你为少年我为白狐

1

荒原寒冬，晚霞泣血

少年迎接打猎的父亲归来

背上的梅花箭，那么美，那么毒

2

风起，雪落

白狐蜷缩颤抖的身子

幽怨的眼，泪光闪烁

3

少年，手指那么暖那么轻

怜悯地抚摸她洁白受伤的爱情

解开系在她颈上的绳索

她逃出月夜的栅栏

远远回眸，铭记他今生的模样

## 第二世：你为书生我苦修为狐媚

1

公子，前世的恩情和思念

这千年来的苦苦寻觅

只为这一场注定的相逢

2

密林山间，黑夜降落
一场大雨，凌乱了清瘦书卷的你
跟我来公子
木屋，炉火
我陪你秉烛苦读，陪你人间烟火

3

你功成名就，我将化尘而去
只愿在你掌心最后一舞
你的红烛灼伤了我的脚步
公子，你有没有心疼？

## 第三世：你为先生，我为红尘女子

1

今世我穿白衣，与你在纸上相遇
写诗，舞蹈，哭泣
先生，你有没有认出我？

2

你爱人间，也爱传说
传说里，纵情相爱的人儿都回到了故乡
而我，一直在寂寞深深的人间流浪

3

那个流着泪微笑的女子
那个捂着伤口说不疼的女子
穿越三生，失尽血色来到你面前
把自己开成苍白的花朵
先生，你有没有怜惜？

4

也好。我就用一片白来掩饰

来到人间的无辜和无知

在一片白的后面，看你以凡夫俗子的肉身

和人间女子结婚生子，笔下生辉

5

而我因此，等白了三千年的青丝

居住在一面冰冷的古铜镜里

整日梳理我一身光洁的皮毛

镜子碎了，我凄美的白发聊斋一样在风里飞

6

现在先生，我的头发枯锈，红颜落尽

这一辈子就要过去，像三生三世我们一闪而过的

梦境期许

7

你还是想不起吗？我是那只被你放生雪野的白狐

我还习惯捂紧胸口的疼，仿佛那梅花箭还留在心底

我是那个为报恩而修炼为妖女的狐媚，习惯捂住

狂乱的呼吸

仿佛千年了，终于惊喜等来相爱不相识的你

我更是习惯了捂住一路的斑斑血迹

这一生，不诉悲哀和苦累

8

先生，我看着你，看着你

泪还会不会流进你心底？

先生，一个清白的影子闪过铜镜

夜半忽然醒来的你，有没有若有所思？

9

先生，三千年，我一直在月光里，洗白了我的红衣

白如骨头，白如坚石，白如纸
先生，你爱这样洁白的我吗？
雨一场接一场，先生，你也和我一样难过吗？

**10**

这一世已然来不及
我只能轻轻唤你一声：
小哥，我是第一世里受伤的白狐
公子，我是第二世里的温软狐媚
先生，我是这三世里比风还淡，比花易碎的娜娜

爱人，是我。是我……
被爱一再错过的执着

附录

# 深刻有味的诗

## ——魏娜诗歌一瞥

○ 孙新峰

不知该用什么样的语言表达我发自心底的震撼和激动，文章题目也改了好几遍，先是用《“发现”魏娜》，接着用《被忽视的女诗人》，再是用《有味道的诗》，最后才选用了这个题目。诗无达诂，而魏娜这个鬼狐子一般精灵的女子，她用充满个性体温的文字，将宝鸡甚或陕西女性诗歌写作提升到了一个新的高度。我很认同某诗人所说：“魏娜的诗歌已经形成了一种有意味的女性写作现象，她写出了让人讶异的诗。”

也是在不久前吧，魏娜给我说她要出一本诗集，要我写几句话。后来她的诗集如约而至。诗集最前面附了著名作家秦巴子的序言。秦巴子是我敬重的诗人，小说《身体课》曾经入围茅盾文学奖，且是中国新口语诗写作主要代表性作家之一。他给魏娜写的序，多谈师生之谊，几乎完全没有涉及魏娜诗歌内里，只在文后写了一句：魏娜的诗歌的确写得很好。读完诗之后，我才发现，不是秦巴子先生“偷懒”，他太厉害了，秦巴子才是真正的诗歌高手！魏娜的诗写得真好，深刻通透，首首有味，好得让人无从说起——任何蹩脚的解读或过度阐释都会损伤其诗歌的品质！我一直有个看法，真正好的诗歌她就在那里，不需要评论和挖掘，只需要“悟”，每个人都会根据自己的生命和生活体验品出不同的滋味，她经受得住时空的检验。

总体来看，魏娜的诗写得从容、清澈、深刻、优雅。其用“简的意表达深的情”，是素朴而感伤的诗，是深刻的诗。

“从容”表现在她写诗时，“目光是潮湿的，内心是温软的”。在魏娜眼里，生活就是诗。许多诗句都是从生活中信手拈来，不加雕琢却浑然天成，且大多诗尾点题；“清澈”是说，她的诗歌很干净，始终用一种赤子之心在观察把握世界，诗境唯美，语言有味；“深刻”是说她的诗歌有思想、有骨头、有嚼头、有个性体温，有哲理；“优雅”是说她几乎就是为诗歌而生，浑身是诗，魏娜已经从遣词造句进入到了写情怀和思想自由之境界。这其中，“深刻”将她与其他诗人彻底区分开。

魏娜的诗歌深刻性首先表现在诗的主题主要是写日常生活的五味和生命的疼痛感。生活经历无不入诗。张爱玲说：“人生是一袭华美的睡袍，里面爬满了虱子。”表面的光鲜无法遮蔽生存的尴尬。魏娜将自己或别人的复杂的人生境遇都酝酿成了诗。她的诗不仅直指人心，而且自我疗伤。比如她写尴尬：父亲因为生日适逢寒食节，所以每年都不得不人为回避。“父亲”自己给自己偷偷斟的生日酒，又该盛进了多少男人的心绪？(《父亲的生日》) 公交车上两个老人吵架，一个老人骂另外一个是装文化人，正好勾起了同一车上的“我”对自己文人身份的质询(《公交车上》)；还比如她写荒诞，生前“父亲”和邻里关系不好，死后儿女们给坟墓周边人烧香敬酒，联络邻里感情 (《邻居》)；生前和人争座次，死后人们火化也要争先后，争抢“第一炉”(《 第一炉》)；又如写滑稽，从地主家得到的红木家具，因为破烂、过时送给亲戚，却因为怀旧热旧家具升值又想要回，所持原因竟然是老人用过的，想留个念想 (《红木炕柜》)。诗人写人与人的信任危机，丫头从老家带回的桶装香油，是母亲专门从村中熟人处买的，却依然是问题油，鬼迷的是熟人 (《自己人》)；诗人还写女人另类的“痛”，被婆家逼得上吊而死的女子，体重仅 90 斤，下葬那天，几个青壮年都抬不动棺木，直到婆家人焚纸烧了香说了软话，棺材才轻松抬起来——看看，死人也有脾气和尊严！(《泪之重》)

可以说，因为敏锐，魏娜抓住了生活；因为善思，魏娜发现了生活；因为深刻，魏娜重构了诗意的生活。

魏娜的诗歌写得很深刻，表现在第二方面：借助想象和联想的翅膀，许多诗歌直达心底，穿透力极强。如写人必须走向死亡的宿命，由死了的小麻雀，想到了人自身的命运。“肉体这么渺小，我们拼尽一生行走，也没能走出上帝的桌子”(《上帝的餐桌》)；同样，写活着的人们的麻木，死了的不痛苦不战栗的灰色的小麻雀，“一如那些背井离乡，漂泊于都市，仿佛还活着的人”(《灰麻雀》)，活着都没感觉了，生又有何趣？想象是诗歌的发酵素。这些诗歌之所以深刻，是因为魏娜的想象联想能力是超凡的，往往能透过现象抓形象再酝酿心像，那就诗意盎然了。诗人是极度敏感的。如想阻止有日本人像文身的女子进入我们的游泳馆，诗人只是想：这是我们的水，水上的是我们的岛(《联想》)！拳拳爱国情淋漓纸上。还有，诗人由小狗埋藏食物备用想到了自己当年埋藏的少女心事，小狗想吃的时候可以把食物再挖出来，而少女的心事却变成了青春的坟地(《储藏青春》)。生活中的狗妈妈找小狗，电视里中国母亲去澳大利亚找女儿，本来风马牛不相及，但是诗人却想到：人生随缘。缘分，本就是一场前世今生的等待与寻觅。几个月后，小狗也会被送人，就是拼命护雏的狗妈妈也会记不得小狗。那么，妈妈找女儿的真正意义又在哪里呢！(《即便相见，亦不相识》)可以说，魏娜的想象力的确奇诡另类而大胆，奇思妙想俯拾皆是。

另外，魏娜诗歌的深刻也表现在深邃的哲理和观察力上。“不下雪的冬天，不是真正意义上的冬天 / 一如在纸上取暖的人，却从未见面 / 这也不是真正意义上的遇见 /……/ 在一张纸上相爱过的人 / 必将失散于这张纸中”(《雪白的纸》)；“不来月经的女人 / 都不能算是真正意义上的女人 / 就像水杯失去了水”(《花朵般鲜艳的名词》)；“床是犀利的刀子，三两

下 / 将人剥得赤裸裸……/ 床，是卑贱的妓女，人人都能睡”（《床》）。炊烟是人间生活的气息，“火葬场烟囱飘出的 / 是最有‘人味儿’的人间烟火”（《生命的烟火》）；“画里的红颜，未必都是祸水 / 但都命薄如纸”（《画中人》）；孤独地活着的“他”反复拂拭自己墓地的墓盖，“像是安抚另一个疲倦的自己”（《暮晚》）；而 90 多岁的“他”最后一次行走，竟然是为自己从阳间到阴间探路（《探路》）；“死者的长子，一件件穿在自己身上 /……/ 脱下来，带着活人的体温穿在死人身上 / 整个过程没说一句话 / 庄重得像授受人皮的仪式”（《穿寿衣》）。语言简洁，寓庄于谐，表意丰富。几乎每一句话都能引发人会心的思考和微笑。许多奇特的比喻和哲思都是自然而然流泻出的。我有个感觉，魏娜是一个特别有实力的作家，她一直在节制才情，她在刻意隐藏自己的写作实力，她的诗歌质地坚硬，含蓄隽永，一定能走得很远。

最后，因为深刻，所以魏娜的诗歌写得相对很“性感”，充满个性体温。如“这个下午，你用 /‘让味道说话’来说话 / 我转身，用茉莉花的洗发水 / 又洗了遍头发”（《让味道说话》）；还比如“你无需戴着帽子和金子 / 但一定要带一首饱满、强悍的诗 / 一朵花就会交出花蜜，尖叫 / 和快乐地死”（《后花园》）。一个机智、可爱、爱诗的女子形象呼之欲出。

佛曰：不可说，不可说，一说就错。魏娜的诗是需要静心品读的，不是来被评的。如果硬要我推荐的话，我认为魏娜的《坟》和《冬至》诗歌写得最好。是诗中的诗。

（作者系宝鸡文理学院教授，陕西文学研究所所长，陕西省文艺评论家协会理事，中国文艺评论家协会会员，陕西省百名青年文学艺术家）

# 低语：表达的姿态

——读魏娜的诗

○ 杨广虎

近年来，很少读诗写诗，虽然心里还追寻着遥远的诗意梦想，逼仄生活现实让我不得不一次次妥协；在我灰心丧气的时候，诗歌宛如文学桂冠的翡翠，给我光芒、温暖和自信。

用了三个晚上，读完魏娜的诗集《低语》。这部诗集共分为：红尘烟火·人间温度、诗情哀伤·画意芬芳、生命之殇·轮回之痛、浅唱低吟·流年微漾、梦幻天堂·绝美飞翔五大部分，各有千秋，侧重不同。纵观她的诗歌，我觉得有以下特点：

一、魏娜作为女性，她的诗歌打上了深厚的女性诗歌烙印。

> 这一世已然来不及/我只能轻轻唤你一声/小哥，我是第一世里受伤的白狐/公子，我是第二世里的温软狐媚/先生，我是这三世里比风还淡，比花易碎的娜娜……

尽管小哥、公子、先生称谓不断转换，但不能否认她以纯粹的女性视角、情绪去写诗、抒情。诗人翟永明第一次在新诗发展中提出了确立当代中国女性诗歌本体意义的"黑夜意识"，她明确指出："女性的真正力量就在于既对抗自身命运的暴戾，又服从内心召唤的真实，并在充满矛盾的二者之间建立起黑夜意识。"20世纪70年代末期，朦胧派诗歌代表人物舒婷以《致橡树》突破了第一代女性诗人“男性化”“无性化”的创作风格，通过呼唤爱情呼吁女性平等。1985年，新诗史上女性诗歌的创作和群体才真正出现，伊蕾、翟永明、唐亚平、海男等出现，她们以其独特的女性视角，抒写女性经验，表达女性意识，展示女性身体和心理的隐秘，传达女性独特的个人生命体验。以后女性诗人，更注重自己性别的独特体验，甚至有的出现偏执的倾向。魏娜没有、也不可能失掉自己的女性特征，自觉地用女性的笔调写诗，用一种近乎揶揄的态度让诗歌轻松而又令人玩味。

> 我挂在外面晾晒的胸罩/又丢了。与内裤一样/性感的黑色，浪漫的粉红/这次是火红/我赞叹着，那个偷儿/在颜色上的喜好/竟与我如此相同？！

二、“叛乱”或者冷静地不断突围自我。我觉得，写诗的人应该有属于自己的天赋气质，灵性才情，切身感悟，哪怕有一点点，也有可能让自己的诗歌独放光彩。魏娜外表灵巧，对日常的生活有着独特的感悟，诗句短小，但有时候犹如一鞭，不经意，狠狠地抽打了日渐麻木、庸俗的世人。

> 无论你白天走过千山万水/夜晚都要回到它那里/无论你白天做了什么惊天动地的事儿/夜晚都要向它交付肉体/无论你是别人眼中的谁，回到床上/你就只是你，卸下光鲜伪装的，真实的你/别得意你的拥有/床是犀利的刀子，三两下/就将你剥得赤裸裸，什么也不是/也别自卑，你的一无所有/床，是卑贱的妓女/人人都能睡

从普通的琐碎生活里，提出自己的质疑和挑战，具有一

定的创造性。

> 只是秋。和早晚扯不上关系 / 我执着热爱的，已被浸入阵阵凉意 / 而月亮让我恍惚，对圆满 / 心生怀疑

一个诗人，应该对这个世界保持着自己的警惕和怀疑，任何的“叛逆”，至少是为了让自己冲出突围，精神升华。魏娜也向被视为“正统”和“权威”的男性中心主义，以自己微弱的肩膀去挑战，颠覆着世俗的目光。

三、对地域方言、网络语言等的运用，对不老爱情、生死轮回的自省，对日常生活、成长烦恼的反思，都可以看出她充满人间烟火的诗歌魅力。“一个人的地老天荒”，作为诗人，要保持自己的独立；“虢镇城”，当地方言中的“鬼”让诗人涂红唇穿白裙浮想联翩，满街的影子飘来飘去；“长安城”，诗人坐在一朵碧绿的青苔里，只等你手中剑来挑明，爱的虚实。魏娜善于将乡土、日常的生活带入到诗歌中去，不断升华，让诗歌更具现实味道。

> 年后 / 回老家过年的打工者 / 又返回城市 / 店里雇用的小丫头 / 从河南老家带回五升桶装的香油 / 结果发现 / 这是一桶各种勾兑的假香油 / 她一边难为情，一边极其想不通 / 油是她母亲到村上熟人的油坊里买来的 / “怎么能自己人骗自己人呢？” / 我安慰她：陕西有句老话 / 都是自己人哐自己人活儿 / 这属正常

虽然语言可能太随意，不事雕琢，叙述过多，有伤诗歌的艺术价值，但也从另一个角度反映了我们的生活真相。如果非要打上标签，我觉得魏娜少了“知识分子写作”的抽象，多了“民间写作”的接地气、口语化。我不否认诗歌是高贵的，

但是诗歌的高贵，不应该完全在语言形式，更多注重内核本质。

《红木炕柜》一诗中，我觉得结尾很有意思：

> 听做家具生意的朋友／说到红木／忽然想起／打土豪分田地时／贫下中农身份的婆／只花两个银元就分到了地主家的／一个红木炕柜／直到我十几岁时／父亲才将它作为“破烂”／给了塬上的亲戚／如今，看着那些盛行／又值钱的古家具／就想起了那个木质上好／设计巧妙，做工精细的炕柜，应该是个宝贝／于是让父亲再问问／那个炕柜的下落／问时就这样说：那是婆活着时用过的／也陪伴了我们家最刻骨的岁月／没什么价值和用处／只想留个念想。

至于到底什么“念想”，需要好好琢磨。诗歌的多义性，让我们有时候觉得她神秘。

还有《一张老照片》《穿寿衣》《红颜》《瞎子的美好春天》《半面红妆》等，都让我读到了她诗歌质朴、灵动，有着情爱的品质。

魏娜的一些诗歌，看似随意，其实有着深刻的反思。

> 母亲怀我时，多数时候处于饥饿／生下的我，同样饥饿／因此，对于乳房没有依赖和温暖的印象／女儿一哭，我的奶水就溢出来／女儿使出吃奶的劲吸吮，一身汗。／我疼出一身汗／奶水不够／乳头上就被吸出血泡，而后结痂／又被女儿吸吮掉，再血泡结痂／如此反复，整个哺乳期／现在，我的乳房失落，下垂／没有痛感，幸福感／我时常对镜端详苍老的她们／怀念那些丰满的日子。

“低语”是一种对诗歌的尊敬，是一种女性的矜持，没有艾略特的荒原般的广大而神秘的象征，没有波德莱尔的恶之花的诡异的意象，她是有节制的，在困惑中抒情，在抒情中突围，尽可能地充分表达；语言平实，保持原始的纯粹，有着西府宝鸡广阔的地域特点和内在的精神特征。

我和魏娜仅仅见过两次面，也是一闪而过；面对今日诗坛的复杂、无序而混乱，需要我们头脑清醒，保持足够的警觉，我觉得诗歌是个性化很强的文学艺术表达，遵从内心的宁静、独立和自由的写作精神，来不得半点的亵渎。魏娜是一位优秀的女性诗人，在她的“低语”里，我听到了自由的呐喊，感受到了温软的天性，人性的善良；这些以诗歌的表达形式，搭建起了一座桥梁，缓解了她内心的焦虑，促进她内心与外表，激情与冷静，个人私域与大千世界的均衡和解。

2016 年 4 月 30 日夜于南山

（作者系中国文艺评论家协会会员，中国国土资源作家协会评论专业委员会副主任，陕西省散文学会常务副秘书长。陕西省委宣传部、省作协“十佳网络散文作家”，首届全国青年散文作家“十强”，第三届陕西省作家协会签约作家）

# 后记

1

整理完这些诗歌的时候，已是最美的人间四月天了，百花齐放，时光芬芳；草木慈悲，山河明亮；一切都是美好的模样。但愿，我的诗集与你们，也能是一个美好的遇见。

说起来，写诗从2007年秋天至今，已有九个年头了，但无论是从对自己的了解，对诗歌技艺的掌握，还是对诗坛的认知等等方面来看，我都不是一个对诗歌有话语权的人，因此，不能算是一个真正的诗人。对此，我并无遗憾，活着，写着，就很好，内心就已满足富足了。像我走在尘世间，还能低吟浅唱，还能泪流满面，还能捧着长长短短的句子，把自己再阅读一遍。

2

出这本诗集，并非虚荣的自媒体，实属偶然，因为一直未有这项打算。不论诗歌的质和量，都还需要提升，累积，沉淀，不过借由这个契机，对自己写诗这些年做一次回顾和梳理。十年磨一剑，九年，是欠些火候，但也是一种未满的状态。凡事留一分余地和上升的空间吧。

九年前，爱人去往外地，我一个人带着年幼的女儿与生活周旋。写诗，成为了精神的依靠，情感的归属，灵魂的飞翔，优不优美已然坚持了这些年。孩子，诗歌，那是一段刻骨铭心的时光。如今，女儿已长大成人，高考在即，我想，我对诗歌对自己，也该有个阶段性的总结和交代了。

3

这次一同出集子的都是本土诗歌写得很好的男诗人，所以书名考虑突出女性化一些，于是就有了《半面红妆》。一半素白，一半艳丽；一半忧愁，一半欢喜。如同事物既矛盾又平衡的两面：阴与阳；善与恶；是与非；得与失；始与末……如同我这小半生，不也就是落得了半身尘埃，半身月光。

很赞同刘年说的：诗歌，是人间的药。

是的，诗歌还可以做情人。和亲情、金钱一样让人觉得可靠，踏实。

在黑夜里泅渡，想要抓住什么，离手边最近的，是自己。在阳光下奔跑，不离不弃的，是相依为命的影子。缘分汹涌里行走，不过都是彼此的过客自己的归人罢了。

一念起，就有了《一个人的地老天荒》。如同几年前在散文里写到的："我的情诗里总有一个明媚的影子，明媚的影子就是我的情人，我的情人就是我的诗歌，我的诗歌就是我不朽的幻想，我的幻想，就是我一个人的地老天荒……

两个人的地老天荒是风花雪月，是纷飞的誓言。一个人的地老天荒才是地老天荒，是永恒是清欢。

就在诗集名定下来的最后一刻，才发现，所谓的半面红妆，地老天荒，不过是一个比风还淡，比花易碎的女子，站在繁华红尘之上轻轻地歌唱，低低地絮语。不为诗歌，只为滚烫的泪水，冰凉的忧伤。只是一生一世，在自己梦幻的天堂，疼痛而诗意地飞翔。《低语》，低的姿态和生活，语的心绪和哀伤。看来，《低语》才是更贴切了我对诗歌对生活对生命的敬畏之心？

4

有时候，黄昏的惆怅会让人昏昏欲睡，床很柔软，窗外的天空低垂，小睡一会儿，醒来的天色暗黄暗黄的，像就要塌下来一样，远处飘来让人感伤的老歌。纸，笔，就搁在床头柜上，拿过来，就能写一首诗歌。写诗让我厌倦了人群中的词不达意和虚伪，写下的越多，就越不爱说话，不会说话。如此，离诗歌越近，离人情世故就越远了。远远地，一个人以诗歌的样子生活。

5

若水说，出诗集是需要很大勇气的一件事儿。的确，出诗集如同敞开了内心和伤口，我几次犹疑，几次删掉伤痛的部分、多情的部分，可没有了这些，就擦去了我对这世界的热爱和感知。最终，我鼓起了勇气，《低语》，如同我爱着的温暖孩子，每一首诗，没有好坏，我都爱。

也在这次整理中，发现了自身写作中存在的问题，最严重的就是自我的重复。习惯性写作，重复写作，包括词语、情感和意象。这真是一件让人沮丧的事情。但不可否认，这样的重复到底还是抚慰了我的茫然、无助和恐慌。也安放了我的浮躁和欲念。像我有着许多缺点毛病的孩子，这并不影响我爱她，并不影响在空旷的人间，她所带给我的温暖和心安。

6

诗集中收录的情诗大多是我早年间的作品，或许你认为是无病呻吟，情感泛滥，虚幻得脱离了现实。我怎能不知？但觉生活已然沉重，再将沉重一提再提，难免给疲倦的身心又添负累，所以写下风花雪月、情深意长的爱情。这生命的火光，活着的温度，也是人类情感中最深情的延续。而浅吟低唱和诗情画意的篇章，其实都不过是边走边想边唱的经历。

2013 年的春天，偶然听了伊沙老师一次口语诗的讲课，

朴实，也更接地气，阅读时没有年龄、文化等差距上的障碍。也让我摒弃了已往诗歌写作中朦胧意象言之无物的华丽和空洞。因此，诗集中“红尘烟火 · 人间温度”和“生命之殇 · 轮回之痛”这两个章节里,收录的都是近两年的口语诗。口语，虽然随意,淡了诗意,没有太多诗歌的技巧和华美词汇的粉饰,但很适合阐述本真的现实，如同朴素、真切又真诚的生活。

在选择这些诗歌时，因个人审美、喜好的不同，可能会存在自我判断上的偏差。如果读到你喜欢的，请轻轻一笑；如果读到你不喜欢的，也请宽容地，轻轻一笑而过吧。

7

从不迷信名家和权威。要说的是，请巴子老师写序文并非因老师文学方面的名气和成绩，而是和老师本就有着渊源。在上世纪的八十年代，巴子老师就是我的初中老师，不曾想，多年后，我们又在诗歌里相遇，经提醒，恍然忆起岁月深处，老师那牵动嘴角的微微一笑，其实很深刻，其实很明媚。相认之后，却未曾和老师有过多联系，只因当年的我也不算是成绩很好的学生，如今诗歌也写得其貌不扬，未能成为老师的骄傲和欣慰，才没有走近的底气。那么，在学生要出首部诗集之际，向老师讨些鼓励放在书中，于我有着特别的意义。

虽然坚持书写，却一直处于封闭的状态。直到 2013 年，白立老师在网络上发现我的诗歌并编发于《秦岭文学》之后，才使我接触到了当地的文学圈，不仅拓展了我的视野，同时也获得了更多的文学信息。对于两位老师的关爱我无以回报，唯有坚持诗歌，坚守内心。

8

写了九年，写下那么多首，挑出来感觉能用的大多是近两年的作品。才发现，有些时间果真是用来浪费的，而这样铺垫式的浪费又是必不可少的。

打印出来，薄薄的一本，一会儿功夫，就翻完。仿佛生命之轻，人生苦短。

书正式出来后，我想送一本给自己，签署上自己的名字。最懂自己的自己，最陌生的自己，从没放弃没嫌弃自己的自己。

9

感谢的话总是要放在最后，虽然落了俗套，虽然有些累赘，却是必须的。

感谢这本诗集中为我作序写评的各位恩师。是你们的笔墨为我的诗集增色添香。

感谢这本书得以顺利出版的策划主编白麟老师，诗集版式、封面设计的美编老师，印刷厂、出版社等各相关人员的辛苦付出。

感谢支持我的爱人、女儿。感谢前年才知道我写作的父母和兄弟。感谢这些年来给予我关爱和帮助的人们。

最要感谢的，是诗歌。她让我说出了对世界的痛感，对生命的悲悯，对人间深深的眷恋。诗歌里写下的是泪水，是惶惑，是暗伤，但能写着她们的我，是多么快乐。也是诗歌，让我今生与自己相遇，让我成为大地上一个有思想有重心的人，让我活得踏实和丰富。

最后感谢，在这本诗集里停留过的，你们的眼睛……

2016 年 4 月 15 日

总跋

# 让诗为我们留下今生的证词

◎ 白麟

《诗经》源头、《周礼》风雅——我想这句话或许最能表达一个本土写作者对宝鸡这片沃土的敬意和感激！

《诗》云："周原朊朊，堇荼如饴。"是啊，宝鸡是周秦文化的发祥地，素有炎帝故里、青铜之乡、东方佛都、文明之邦的美誉。七千年前的北首岭遗址，让我们回望先人的原始简朴；三千年前的木铎之声，又帮我们吟唱那浸满民间烟火的古风谣曲；而八十年前陇海铁路的一溜汽笛，则拉开了这座城池现代工业的序幕；当年古丝路西行的第一大驿站，如今又变成"一带一路"的重要节点……

毋庸置疑，这块皇天后土是哺育华夏文明的摇篮，是生长史诗的圣地。《诗经》《周易》《周礼》等中华传统经典均诞生于此；这里出土的"中华第一古物"石鼓文是我国最早的石刻文字，也是现存"原汁原味"最古老的诗歌；扶风才女苏惠（苏若兰）的织锦回文诗《璇玑图》，竟令女皇武则天为之作序称叹；苏轼初仕凤翔，任上有二百多篇（首）作品问世，留给这方热土的赞美诗就有三十二首；陆游在宝鸡大散关抗金九年，留下"铁马秋风大散关"的千古绝唱。更别说汉时曹操、班固、刘彻、曹植，唐有杜甫、李白、王勃、岑参、韩愈、李商隐、白居易、卢照邻、皮日休、高适、王之涣……多少过境或流寓至此的文人雅士吟诗歌赋，不胜枚举，宝鸡也因之被誉为"唐诗的西海岸"！

值得一提的是，自中国新诗诞生以来，这块热土依然偏爱文人骚客的雪泥鸿爪，茅盾、老舍、梁实秋、王亚平、索开等人的串串足印，仿若渭河上曾经的点点白帆……名噪一时的抗战诗人侯唯动是本土诗人的代表，其代表作《斗争就有胜利》等在中国诗坛上产生过广泛影响；“文化大革命”后期“七月派”诗人胡征、老八路诗人魏钢焰等诗家也曾流放这里，再次点燃宝鸡诗歌的火种。新时期以来古陈仓诗潮奔流，已然成为西部诗歌的急先锋，被新边塞诗人杨牧誉为陕西的“石河子”（诗城），在西部诗坛享有独特的地位和荣誉。

薪火相传，文脉接承。《诗经》是中国第一部诗歌总集，代表了古诗吟唱时代的群言；而1984年面世的“长安诗家”（一套十本，陕西诗人）、1985年推出的“中国当代青年诗人丛书”（一套十本，全国诗人）、1986年编印的“秦岭诗丛”（一套十本，宝鸡诗人），这些当年在中国诗坛引发强烈反响的民间诗丛，其实都是从“诗歌窑工”渭水、商子秦等主烧的“宝鸡窑”出炉的，尽管是内部出版，却预示着中国新诗的一次解放，是改革开放后自上而下中国新诗发出的群言；这次我们编辑的《阵地诗丛》囊括十一本个人诗集，也可说是吹响了新世纪宝鸡新诗界的群言。它不仅暗合着这座诗城的使命和延续，似乎也有了某种契合与意味。

十一部诗集的作者从50后到80后，年龄跨度超过30年，可见宝鸡诗歌创作并没有青黄不接。其中50后的陈派宝刀未老，他的《清唱》激情燃烧；60后占半壁江山，范宗科的《秋天最末的忧郁》、武岐省的《行吟》、荒原子的《时光书》、牟小兵的《文字长成山川》、白麟的《在梦里飞翔》。他们稳扎稳打、厚积薄发，其中三位作者都是写作几十年了才第一次出版自己的诗集，敝帚自珍可想而知；70后秦舟的《关中吟》、柏相的《早安，首善街》、魏娜的《低语》、王金辉的《岁月顾自流淌》，他们属于实力派，状态可嘉；80后庄波的《一只在城里奔跑的小蚂蚁》，则让我们看到了希望。当然，我们期待会有更多的80后、90后、00后如雨后春笋脱颖而出，为这座诗城再添活力、再展锦绣！

之所以叫《阵地诗丛》，缘于2000年我和青年诗人马召平、秦舟发起创办的《阵地诗报》。这份诗报后由延安时期老诗人贺敬之题写报名，十五年来已出版三十期，在全国民间诗报诗刊中占有一席之地。这次由宁夏人民出版社出版的《阵地诗丛》，得感谢西部著名女诗人唐晴的成全，当然也感谢信任我而响应加盟的各位诗友，他们是当下宝鸡本土的中青年优秀诗人的代表。

今年是中国新诗诞生一百周年，我们有意在这个年份集结出征、坚守"阵地"，也是想对本土新诗创作来一次提振和展示，也是对《诗经》之乡和新诗百年最好的纪念与礼赞。

百年沧桑，世事皆空。光阴兵不血刃地湮灭了一茬又一茬人，而秦岭、渭河依然生死相依、山高水长，白云苍狗依旧我行我素、变化无常！一个渺小的人如何让自己的呼吸尽可能地长存于世，让后人看到自己的人生心迹？我想对文人而言，最实在的莫过于留下诗文了。人到中年，明知上天给予的时光不是太多，用诗歌的方式镌刻生命的轨迹，给自己留下到今生今世"来游来歌"的证词，又何尝不是一种欣慰呢！仅此，我亦感动不已。

从"文化大革命"结束的1976年算起，到今年整整四十年了。四十年来，无论新诗如何纵横流变，诗人如何才华四溢，但亲情、乡情、爱情、友情这些真情最终化作一簿簿诗情，怎不教人热泪盈眶！

此刻，一抬头就能看见秦岭的山影似波浪踊跃，渭水的波浪又似春秋大笔描画着人间的梦境……而这些，不正是我们依然爱着写作的诗人们要寻找的跳跃和胸襟吗？

2016年8月25日